陆昱乔◎著

SANGUO
HONGYAN

三国红颜

黑龙江人民出版社

图书在版编目（CIP）数据

三国红颜／陆昱乔著. — 哈尔滨：黑龙江人民出
版社，2019.1
ISBN 978 – 7 – 207 – 11687 – 1

Ⅰ.①三…　Ⅱ.①陆…　Ⅲ.①《三国演义》—女性—
人物形象—文学评论　Ⅳ.①I207.413

中国版本图书馆 CIP 数据核字（2019）第 022245 号

责任编辑：朱佳新
封面设计：欣鲲鹏

三国红颜
Sanguo Hongyan

陆昱乔　著

出版发行　黑龙江人民出版社
　　　　　地址　哈尔滨市南岗区宜庆小区 1 号楼（150008）
　　　　　网址　www.hljrmcbs.com
印　　刷　永清县晔盛亚胶印有限公司
开　　本　787 × 1092　1/16
印　　张　10
字　　数　110 千字
版次印次　2019 年 1 月第 1 版　2021 年 6 月第 2 次印刷
书　　号　ISBN 978 – 7 – 207 – 11687 – 1
定　　价　30.00 元

前　言

　　《三国演义》以其独有的宏大叙事，为众多读者谱写出一曲曲风云激荡的金戈铁马。作为中国古代长篇章回小说的奠基之作，历来被认为是一部描述古代战争的宏伟史诗与演义，其塑造的众多忠、义、奸、智形象，被读者所广泛接受与传播。全书以其权谋、征伐而著称，书中人物尤以朝堂君臣与疆场将帅为主导，是一部充满男子气的佳作。但其中穿插出场的八十多位女性形象，成功地为这部充斥蛮荒角力的书籍，增加了一丝别样的气息，使得其不再那样沉闷压抑。其女子姿态或贞烈，或柔弱，或娇媚，或贤淑，或飒爽英姿，或忠义无双，其姿态之万千实为少有。

　　从东汉中平元年（公元 184 年）黄巾起义开始，至西晋太康元年（公元 280 年）晋灭东吴的百年间，中国历史蹒跚在分分合合的纷扰之中，天命与礼教曾随着东汉王朝的灭亡而倾垮，又随着魏蜀吴的鼎立而离散，最终在晋的一统中重新确立并延续。这百年是无视礼义廉耻的百年，是斗勇角力的百年，是尔虞我诈的百年，但同时也是风云激荡的百年，信念凝聚的百年，百家争鸣的百年。

　　这百年中，在男人间的是博杀斗智，但在女人间又何尝不是另一场较量？男人通过征服世界来征服女人，而女人通过征服男人来征服世界。三国的历史事件背后，几乎都有着女性角色的参与和推动，女性几乎可谓是一场场争斗的导火索与催化剂。这并不是说在

《三国演义》这部接近 1 300 幅面孔的群像小说中，这近八十位的女子是所谓红颜祸水。而是说占据人类一半人口的女性，必然要参与到林林总总的事件之中。没有一件事是不需要女性参与的，不论是最隐秘的"衣带诏"，还是锁二乔的"铜雀台"，不论是主动还是被动，女性都会在事件中占据举足轻重的地位。

从《三国演义》面世开始计算，人们很少将着眼点对准过这些女性人物，仅是将其看作一种点缀存在，而缺乏系统性的认识。本书的写作目的即是针对这一现象，通过对《三国演义》及三国时期其他文献资料，梳理出一条区别于传统三国史观的脉络线索，从女性视角来重新审视这段历史，以期能发现一些以前不易被发掘的真相。数十年来，研究《三国演义》的学术与通俗文学作品不胜枚举，其中也不乏研究《三国演义》女性形象的论文与专著，但各家观点杂出，而且大都是站在男权的立场来看待《三国演义》中的女性形象。

多数学者与作家对《三国演义》中的女性形象持批判态度，认为小说中的女性角色仅仅是一种道德符号、忠义标签，是一种男权社会的附庸与工具。其彻底否定女性角色存在的意义与价值，甚而否定女性作为"人"的真实存在。也有少数文章与书刊从肯定的角度给予《三国演义》女性形象以较高的评价，但十分可惜的是，其多数好评仍停留在对文本的浅层解读上，仍是以男性为主导对女性进行施舍性的怜悯，对女性形象特征成因探究大都缺乏深入，关于女性形象存在意义与价值更是缺乏必要的关注。概而述之，迄今学术界与通俗文学读物中，对《三国演义》女性形象的探究与思考仍不够充分深入，我们还需要从更深入的层面对小说中的女性形象进行诠释，力求客观公正地评价和看待这些鲜活的女性形象。

如果从本书的选题开始算起，在第一次读《三国演义》的时候，这一想法可能便已在我脑中萌生出来了。我想要在时间有限的情况下，尽可能地将我脑中的所思所想记录笔端，以备将来探究原因始末。因此，本文不打算局限于《三国演义》这本书，而是将视野放入整段历史的舞台上，通过新视角以期待能给大家一定的裨益。同时希冀能与诸位读者产生共鸣，在思维碰撞下，产生更炽烈的火花，思考到更多的角度，得到更新颖的见解，还原历史真相。

笔者
2018 年 11 月 7 日

目　　录

第一章　三国红颜之美女篇

如果看到三国的佳丽，你能想到什么？沉鱼落雁，闭月羞花，倾国倾城，蛾首蛾眉……我们可以用一系列所能想到的辞藻来称赞那些古书中娉娉袅袅走出的女子。她们就是有着这样一种神奇的魔力，纵然似乎只是三国时期金戈铁马的陪衬品，但却也能磁石般地时时抓住每位读者的双眸。

三国中每位女子皆有一番不流于俗的风韵，正应和着那句轻灵妙语：其象无双，其美无极。有道是自古红颜惑君王，自古红颜多薄命，这些眉目如画的章台杨柳，多沉沦如雨打浮萍，波起今夕何夕之慨，叹惜叹息。

貂　蝉

古今无双，闭月羞花

貂蝉可谓是《三国演义》中最为人们熟识和津津乐道的女性人物，其"沉鱼落雁之容，闭月羞花之貌"千百年来不知倾倒多少英雄豪杰。作为三国首屈一指的佳丽，她的故事与传说可谓家喻户晓妇孺皆知。她的美貌让整个三国时代皆为之失魂落魄，她的才智让三国时代全天下的英雄都黯然销魂，她一个人几乎就要把整个三国时代弄得神魂颠倒！

人物卡片

姓名：貂蝉

别名：任氏、任红昌

籍贯：一说永年、一说临洮、一说米脂、一说忻州

义父：王允

丈夫：董卓、吕布

历史评价：原是昭阳宫里人，惊鸿宛转掌中身，只疑飞过洞
庭春。

按彻梁州莲步稳，好花风袅一枝新，画堂香暖
不胜春。

这位小说中家喻户晓的人物，引得历朝历代文人骚客考究其生

平与身世，但越是探究其迷雾越是浓厚，朦胧之中的倩影也越发似梦似幻看不真切。《三国演义》有诗曰：红牙催拍燕飞忙，一片行云到画堂。眉黛促成游子恨，脸容初断故人肠。榆钱不买千金笑，柳带何须百宝妆。舞罢隔帘偷目送，不知谁是楚襄王。

　　元代杂曲《连环计》中称貂蝉本名任红昌，是任昂之女，在宫中专门管貂蝉冠因此唤作貂蝉。在《后汉书》中记载王允利用婢女挑拨董、吕关系一事时，曾提到了一位婢女，关于貂蝉的一系列故事可能是以此为底本改编而成。而也有人认为貂蝉即是吕布部将秦宜禄前妻杜氏——杜秀娘。在《三国演义》中的貂蝉，是司徒王允府中的歌姬，司徒待其甚厚，后被王司徒收为义女，像对待亲生女儿一样待她。貂蝉为报王司徒养育之恩和为大汉王朝尽忠，决定以身饲虎，甘愿为司徒实施"连环计"而献身，并成为其中最关键的一枚棋子：挑拨董卓、吕布之间的关系，使其反目成仇。董卓、吕布二人为了争夺貂蝉而争风吃醋，最终相互反目，吕布冲冠一怒斩杀太师董卓，属于董卓的时代终于顺利落幕。貂蝉借吕布之手，诛了董卓的事情，虽被传为千古妙谈，但她却也不过是一枚棋子。董卓虽然残暴，但对历史却也并非只有霍乱。东汉末年宦官弄权，天子孤寡立于上，家奴挟制称于下。大将军外戚何进欲除宦官，便诏令西凉董卓带军入朝。董卓进入洛阳后尽杀宦官，了却了东汉两百年的宦官专权，并在不久后控制朝政，使得国家动乱一定程度上得以平息。

　　王允先暗地里把貂蝉许配给吕布为妻，再明着将貂蝉进献给董卓做侍妾。貂蝉在被嫁给董卓之后仍对吕布暧昧款款，巧妙地周旋于董、吕父子二人之间。有一日，吕布趁董卓上朝之机，私入董卓府中探望貂蝉，貂蝉和吕布相约至凤仪亭幽会。貂蝉假意哭诉，对吕布倾诉被董卓霸占之苦与对吕布英武的仰慕，使得吕布十分懊恼与愤慨。正巧此事被回府的董卓撞见，董卓发怒抢过吕布的画戟掷向吕布，吕布遁身逃离。从此董、吕二人之间便有了隔阂，双方互相猜忌，王允便以貂蝉义父的身份暗中说服吕布一起铲除董卓为国尽忠。从而在"凤仪亭"便留下一个"吕布戏貂蝉"的千古传说。

据传汉献帝迁都长安后，司徒王允的义女貂蝉长得明眸皓齿，风华绝代，钟灵毓秀，堪称人间绝色。当她在后花园拜月时，倏然轻风拂面，一块浮云把那皎洁的月色遮住，这无双娇颜正好被王允瞧见。王允为宣扬他女儿的花容姿色，逢人就说，我的女儿与月亮比美，月亮完全比不过，只得赶紧躲在云彩后面，自此貂蝉便被唤作"闭月"以夸赞其美貌无双。

与同样在历史上留下千古传说的美人西施不同，西施最终留下了和范蠡泛舟五湖的传说佳话，而《三国演义》中貂蝉的踪迹却消失在了茫茫历史长河之中杳无踪迹。纵观其他三国类话本与史料，貂蝉的结局，大体有如下三种，即不知所终、团圆与惨死。

《三国演义》中在叙述白门楼吕布殒命之时，仅提及一句"妻女运回许都"，料想可能是奸雄曹操将貂蝉这位姝色佳人藏匿于深宫大院之中了吧。

而据后人传闻：成都近郊一位老人曾捡拾到一块碑铭，其上刻道"貂蝉，王允歌姬也。是因董卓猖獗，为国捐躯……后随炎帝入蜀，葬于华阳县外北上涧横村黄土坡……"如按此说推断，貂蝉极有可能流落巴蜀之地，在那里貂蝉素斋慈心，虔诚普度，终身未再嫁人，最后孤老长眠。

而明朝《脉望馆抄校古今杂剧》一书中收录二十一种三国故事和杂剧，其中就包括《斩貂蝉》一剧。剧中在吕布败亡后，貂蝉被张飞俘获，张飞将她送给关羽。剧中关羽夜读《春秋》时，看到书中所写红颜祸水的史事，便杀了貂蝉。其悲惨结局反映了世人忽略了她曾周旋于王允、董卓、吕布、曹操、刘备、关羽诸多风云人物之间的智谋与勇气，所剩的只有对貂蝉这一"红颜祸水"的诟病。貂蝉是罗贯中在儒家思想主导下而刻画出的一位女性形象，她的报国行为相较西施更加直接与彻底，这里边有着儒家思想文化的影子，后人不禁慨叹貂蝉为"儒家文化的牺牲品"。

战神吕布

吕布字奉先，其可谓是打遍天下无敌手，一句"人中吕布，马中赤兔"，更是将其威望推向世界之巅，然而他却又是个被无数后人又崇又惧又怜又恶的吕温侯。

《三国演义》中虎牢关前，吕布一出场便惹得凶威滔天：头戴三叉束发紫金冠，体挂西川红棉百花袍，身披兽面吞头连环铠，腰系勒甲玲珑狮蛮带，弓箭随身，手持画戟，坐下嘶风赤兔马。真的是神采飞扬，肆意潇洒。

对于温侯的勇武，普天之下无人能与之交锋争雄。然而吕布最为人诟病的则正是其反复无常，"三姓家奴"的诨号让人不禁对其充满忌惮。然而作为一个出身于边地苦寒之地的贫贱百姓，吕布用一杆画戟在混战的乱世搏出了一番偌大的威名。他与世家大族的子弟相比，有着虓虎之勇，却缺乏英奇之略；有着搅动风云的能力，却缺乏克复定襄的资本。

丁原麾下的第三员大将

人尽皆知飞将军吕布原是执金吾丁原的义子，是其麾下最出名的将军，吕布与后来曹魏"五子良将"中的张辽，历来被看作是并州军中的并蒂双莲。但其实，在丁原麾下仍有一位将领很是厉害，却并不为人们熟识，那就是张杨。

在《三国演义》中张杨除了是十八路诸侯讨董中的一员外，似乎毫无建树。可真实的情况却是，张杨被陈寿写在《三国志》的第八卷，王粲在《汉末英雄记》中对其也是青睐有加，称其"性仁和，无威刑"。在丁原健在的时候，他是并州军的一员宿将。在丁原殒没之后，混迹于太行山脉一带的他成为一股游离于袁绍和董卓双方势力之外的地方豪强。汉帝逃离长安之时，他随护左右，保障皇帝的安全，被封为安国将军、晋阳侯。在吕布落难之时，张杨是唯一声援吕布，以壮其声势的势力。然而最终，这位在汉末闪耀过光辉的存在，却被手下将领杨丑残害，殒命于东汉末世。

拓展：京剧《连环计》剧本情节

汉末，董卓窃权攘政，扰乱朝纲，收吕布为假子，以作羽翼。吕布勇猛过人，诸将中无出其右，董卓极信任之，寄为心腹。董卓之跋扈，日甚一日。诛戮大臣，悉逞己意，立朝者，人人自危。董卓竟在宴会百官之时，命吕布杀司空张温于席上，百官骇然，均不敢议论。司徒王允，目睹情形，归到府中，忧愤无策，扶杖往后园步月。至牡丹亭畔，忽闻歌妓貂蝉，一声长叹。疑有私情，逼问至再，貂蝉曰："妾之所以长叹者，见主人行坐不安，必为国家大事。倘有用妾之处，虽牺牲妾身，亦所情愿。"王允谢之。遂与貂蝉定连环之计：先许嫁于吕布，后奉献于董卓，于中取事，离间其父子，使吕布杀董卓，以除国家蟊贼。盖貂蝉姿容美丽，为世间绝无仅有之女子。董卓与吕布皆好色之徒，互相见面，势必不能忘情，欲攫为己有。后董卓果被貂蝉播弄，致有凤仪亭掷戟之事。而董卓与吕布两人之嫌隙，从此深矣。

大 乔
江左并蒂莲大乔

大乔和其妹小乔并称"江东二乔",亦是一位有着倾城之貌的女子。作为当朝太尉乔玄之女,出阁后嫁给江东小霸王孙策为妻的绝色美人,其除了有沉鱼之容外,在女红一事上更是名闻遐迩。

人物卡片

姓名:大乔

籍贯:庐江郡皖县

父亲:乔玄

丈夫:孙策

姊妹:周瑜之妻小乔

相关诗句:揽二乔于东南兮,乐朝夕之与共。

东汉献帝建安五年(公元 200 年),孙策在打猎时遭遇许贡门客刺杀,身受重伤。在孙策重伤之时,大乔日夜和衣陪伴,不眠不休不食不饮,全心全意照顾丈夫起居,然天不遂人愿,孙策仍药石罔效,撒手人寰。大乔和孙策虽然仅过了两年的夫妻生活,但这世间如孙策般英雄的人物,又能有几人?伤痛欲绝的大乔数度昏厥,并欲投江殉夫。但想到孙策临终前对其照顾幼弟孙权的嘱托,大乔只好打消原来念头,尽全力辅助孙权除奸讨逆,平稳过渡孙家势力。后来掌控局势后的孙权,对嫂嫂大乔仍是万般尊重,也在大乔与众臣如张昭、周瑜、鲁肃等人的辅佐下，很快地团结江东各个世家大族与庶族寒门，建立深厚的威望，进而重新恢复孙氏在江东的威望，问鼎中原逐鹿天下。

据说大乔在孙权称帝（公元229年）之后，即不再过问凡俗事务，从此深居简出，伴青灯古佛而终影，在宁静祥和的时光里，怀奠一生挚爱，安享乱世中的浮华。

温柔大体，秀外慧中，是坚贞传统型的古典淑女大乔，可谓是中国古代温婉典雅的女性的真实刻画与写照。然而这样一位史不绝书的传奇女性，她留存给后世的史料却是少之又少，其芳踪之杳寻，不可以不说是莫大的遗憾。从中我们也不得不深思，有多少刹那芳华，未及留影便沉寂在浩渺烟海，未及绽放便已凋零。古人对女性的淡漠，可能在不知不觉间便让我们的文明，错失掉半数的发展。今天女性的崛起，终将改变历史，改变社会！

二乔身世考

江东二乔，皆有国色，而对于其身世来历，江湖中历来有着两种说法。其中一种说法是二乔生父乃袁术帐下大将军桥蕤，而另一种流传散布最广的说法则是此二女为东汉太尉乔玄之女。

此两种观点历来争论不休，但从年岁上可知，乔玄为永初三年（公元109年）生人，光和六年（公元183年）去世，而在孙策周瑜攻破皖城的建安四年（公元199年），乔玄之女应当早已"胭脂色褪镜奁移"了。相反，桥蕤其生卒年月虽然不详，但其于建安二年（197年）九月战死于蕲县，其家眷和袁术、刘勋家眷一起迁往皖城。从籍贯上我们也能得出相同的结论，乔玄籍贯乃是梁国睢阳，属豫州，而桥蕤正是扬州本地望族。同时，若二乔父亲乃是袁术派系将领，将其纳为妻妾，显然有利于孙策巩固江东并进军扬州，实现其自身的政治目的。

小霸王孙策与大帝孙权的不同

江东之地多世家大族，帝国官员历来最是难以治理。但孙策的崛起，打破了一切外在的枷锁。孙策以霸王之姿，雄吞江东六郡，对于不合作的士族采取雷霆霹雳手段，予以激烈制裁，一时间大汉十三州之地，论政令畅通无出其右者，使得曹操发出"难与争锋"的慨叹，甚至要为了逃避其锋锐而迁都。

常言道"盈不可久，月满则亏"。孙策的刚硬，使得其遭受到了门阀士族的强烈报复，并为之付出生命的代价。继位的孙权所采取的正是与兄长其极端相反的举措：与世家大族共治天下。例如在赤壁之战时，主和派的势力甚至一度能左右孙权的战略。江东的士族在孙权统治时期，可谓是权势日盛，但却也为孙吴立足江东提供了必要而充足的武备与谋略，甚至孙吴能够立国于江东，世家大族出力是最多的。

孙氏兄弟不同的做法南辕北辙，这既是双方性格上的不同，也是局势变换时的需要。孙策以鲸吞之势革除大族势力，为孙氏立足提供必要的是生存条件，为孙权继位后采取怀柔之略，提供极大的安全保障与庇护，是孙权能够实施绥靖战略的前提条件。兄弟双方的政权交接，可谓是完成一次默契十足的死亡之舞。

小 乔
南国佳人，乔家国色

　　东汉末年的战火烧遍神州，江东之地亦难避周宁。建安四年，江东小霸王孙策从父亲旧识袁术处借得三千兵马，率军回江东以图能恢复父业。在昔日同窗好友周瑜的鼎力扶持下，孙军横扫江东未尝一败。孙策在江东的疾速崛起，打乱了袁术想要让其制衡刘繇、严白虎的战略企图，袁孙两家的战争故此一触即发。在周瑜的辅佐下，孙策先发制人，一举攻克袁术后勤要镇——皖城。此时，闻名天下的乔公的两位国色天香，又聪慧过人的女儿正寓居此地。于是，破城的枭雄与城中的明珠一相逢，郎才女貌，结为伉俪，当然两情相惬，恩爱缠绵。便有了孙策纳大乔、周瑜娶小乔的千古韵事。

人物卡片

姓名：小乔

籍贯：庐江皖县

父亲：乔玄

姊妹：孙策之妻大乔

丈夫：东吴大都督周瑜

历史评价：画楼影蘸清溪水，歌声响彻行云里。帘幕燕双双，
　　　　　绿杨低映窗。

曲中特地误，要试周郎顾。醉里客魂消，春风大小乔。

在乔宅的后院有着一口古井，相传乃是二乔姐妹在此梳妆打扮后，常将残脂剩粉丢弃井中，经长年累月，井中的水泛起胭脂色，水味也带有馥郁的胭脂香。于是，此井便有了胭脂井的雅称。井栏有诗刻曰："乔公二女秀色钟，秋水并蒂开芙蓉。"

与姐姐大乔并称"二乔"的小乔，是三国时期闻名天下的美女，可相较于明艳动人，更让后人津津乐道的却是其"赤壁之战导火索"这个星耀千古的头衔。

然而《三国演义》第三十四回叙曹操平定辽东后，欲于邺城郊外建铜雀台安享晚年。曹操少子曹植向其进言："若建层台，必立三座。中间高者，名为铜雀；左边一座，名为玉龙；右边一座，名为金凤。更作两条飞桥，横空而上，乃为壮观。"曹操十分开心，留下曹丕和曹植兄弟二人在邺城建三台。这是铜雀台建台的缘起，与周瑜、小乔实在是一字相关皆无。在第四十二回叙曹操得荆州后，欲统帅百万大军南下，约孙权"共擒"刘备之时。孙吴方面主战、主和争论不休，闹得是沸沸扬扬，难以主张。在第四十三回则叙：经鲁肃与刘备、孔明磋商，诸葛愿随鲁肃赴柴桑面见孙权，以陈利害，说服孙权并坚定其联合抗曹的决心。

闻知孙刘联盟成立，当时在鄱阳湖训练军队的周瑜，星夜赶回首府柴桑，当晚就紧急约见孔明商谈。此时的周瑜也是虽决心抗曹，但对是否联合刘备仍有疑虑。周瑜起初想尽量不表出自身主张，来试探孔明的深浅；而孔明却趁此时机极力渲染曹军的势众强大，两家不联合必然难以抵挡，并使用激将法假意劝周瑜投降曹操，言道："愚有一计：并不劳牵羊担酒，纳土献印；亦不须亲自渡江，只需遣一介之使，扁舟送两个人到江上。操一得此两人，百万之众，皆卸甲卷旗而退矣。"

在周瑜表示愿闻其详后，孔明佯装不知大、小乔与孙策、周瑜的关系，接着说道："亮居隆中时，即闻操于漳河新造一台，名曰铜雀，极其壮丽；广选天下美女，以实其中。操本好色之徒，久闻江东乔公有二女，长曰大乔，次曰小乔，有沉鱼落雁之容，闭月羞花之貌。操曾发誓曰：吾一愿扫平四海，以成帝业；一愿得江东二乔，置之铜雀台，以乐晚年，虽死无恨矣。今虽引百万之众，虎视江南，其实为此二女也。"

周瑜亦是智谋深远之人，岂会轻信孔明一家之言，问："操欲得二乔，有何证验？"孔明开启了"舌战群儒"模式，说道曹操曾命其子曹植作《铜雀台赋》，在赋中有着"誓取二乔"的意思。周瑜继续追问："此赋公能记否？"孔明发挥出其"卧龙"的真正实力，当着周瑜、鲁肃之面添油加醋地背诵该赋，在其中夹杂着原赋并未有的词句，着意激怒周瑜。其中有句为："立双台于左右兮，有玉龙与金凤。揽二乔于东南兮，乐朝夕之与共。"此时不知中计的周公瑾怒发冲冠，誓要与曹操一决雌雄，于是，改变汉末格局的"赤壁之战"就此爆发。

宋词中的小乔

宋朝词人爱评述历史，而其尤爱评三国的英雄豪侠与娇娃犬马，其中对小乔的描画即主要集中在如下两点：嫁与周郎、国色天香。

而描绘这对璧人伉俪情深的词句，除苏轼脍炙人口的《念奴娇·赤壁怀古》中"遥想公瑾当年，小乔初嫁了"外，还有贺铸的一阕《试周郎·乔家深闭郁金堂》，其中的"弄丝调管，时误新声，翻试周郎"更为周瑜、小乔二人的生活增添一抹惬意悠闲。此外，毛滂在《减字木兰花·李家出歌人》中也有着"小桥秀绝"一句，可谓一语道尽小乔的丽质明眸。

铜雀台：建安文学的滥觞

唐朝诗词中一句"铜雀春深锁二乔"，使得铜雀台巍然屹立于中国的历史长河中。相传曹操在消灭袁氏兄弟后，夜宿邺城，半夜曾见一抹金光腾地而起，待隔日掘地得到铜雀一只，荀攸便上书道："曾经舜的母亲梦见玉雀入怀而生舜，如今天降铜雀，必是吉祥之兆。"大喜的曹操于是决定，在邺城周围的漳水之上修建台阁，来彰显其平定四海的功绩。

不久，漳水之上，铜雀、金虎、冰井三座高台便巍巍拔地升起，此即史书中所言之"邺三台"。铜雀台不仅是一座楼台，其台高达十丈有余，其上更有屋百余间，历代题咏诗词章赋的名人骚客多如过江之鲫。

自魏晋起，邺城作为曹魏、后赵、冉魏、前燕、东魏、北齐，共计六朝的都城，居"天下之中"长达四个世纪之久，有着数不尽的辉煌灿烂文化创作于此，其使邺城享有"三国故地、六朝古都"之美誉，更让铜雀高台随其见证了一代代文学巨擘的盛开与绽放。

甄 宓
容仪恭美，颜色非凡

真实的三国，正如同大家的认识，是一个彻头彻尾的乱世，一个视人命如草芥的炼狱世界。在这样的乱世中，英雄豪侠尚且无法去左右自己的命运，更何况女子？姑且不论其能有多少展现自我能力的机会，哪怕仅仅是在史书中留下自己的名字，又能有几个女子有这个机遇呢？

人物卡片

姓名：甄宓

别称：文昭甄皇后、洛神

籍贯：中山无极县

父亲：上蔡令甄逸

丈夫：袁绍次子袁熙、魏文帝曹丕

子女：魏明帝曹叡、东乡公主

历史评价：诗殊不能受瑕，工拙之间，相去无几，顿自绝殊。

作为四大名著之一的《三国演义》中，就曾经为我们描绘了这样一位绝世佳人。这位佳人，便是魏文帝曹丕的妻子，魏明帝曹叡的生母，魏文昭皇后甄宓。说起这位绝代佳人，历史中的确没有翔实的史料记载过她的名字，那个宓字，是取自曹植《洛神赋》中的宓妃的名号。在宓妃与洛神的神话传说中，甄宓这个名字便应运而生，流传下一阕千古佳话。

甄宓出身名门，其出生时家世虽已中落，父亲甄逸在小甄宓三岁时便辞世了，但甄家仍是中山国当地的世家大族，作为东汉太保甄邯的后代，承蒙祖荫家中世袭着二千石俸禄的官职。更由于家族中代代均有商业才能出众者，故整个甄家虽在仕途上已日薄西山，但仍牢牢地掌控着数以万计黎民百姓的生活。

甄宓在家中排行最小，自小得到三位兄长和四位姐姐的疼爱。小甄宓自小就聪慧异常且贤良恭淑，从小到大，都不好游戏玩闹，认为那不应该是女孩子所应该做的。她非常喜欢读书且博闻强识，当她九岁时只要是看过的书目便能立刻领悟并加以贯通，自此甄宓便有了"闺中博士"的雅号。

汉末天下大乱，灾荒连年民不聊生，百姓们为糊口纷纷贱卖掉家中的物什。作为世家豪奢的甄家，因商业嗅觉敏锐，便提前囤积有大量的谷物作储备，并趁机低价收购了许多金银宝物。当时才十几岁的小甄宓，看到这种情形便对母亲说了"匹夫无罪，怀璧其罪"八个字，并希望当家的母亲，能够开仓赈济灾民，为全家留下善名以保全宗族。全家人都认为她言之有理，于是将家中多余的稻米分全部发给左右邻里，仅留下乐善好施的美名，全郡众多百姓因此得以保全性命，实乃功德无量。

客观地说，甄宓所言无不在理，现今女子，纵然有远超古代的学习条件，但又有几人能有如此之高瞻远瞩呢？我们读书的目的何在？除了让我们得以在这个残酷的社会上立足之外，难道不更应该让我们知晓如何能够明辨是非吗？为此，我们不得不要为甄宓点赞。而散发如此圣洁光辉的甄宓，难道不才是真正的乱世佳人吗？

甄宓的美貌与贤淑在河北大地广泛流传，作为建安年间河北地区统治者的袁绍便十分高调地为其次子袁熙向甄家下聘，求取年方二八的甄宓为妻。袁家势大，且作为当时最炙手可热的名门望族，这一亲事的双方被看作是珠联璧合的神仙眷侣。

建安三年（公元 198 年），袁绍打败北方的白马将军公孙瓒，甄宓的丈夫袁熙被派往北方为幽州刺史镇压各郡反乱，而作为妻子的甄宓则留在邺城的家中侍奉婆婆刘氏。

官渡之战袁绍惨败，河北诸州分崩离析，再也难以抗衡兖州的曹操。建安九年（公元 204 年），曹操攻破冀州邺城，袁绍的夫人刘氏和甄宓一起被俘。攻进袁府的曹丕，此时年仅 17 岁，立时便被风姿绰约的甄宓所打动。执拗不过儿子的请求，同时也为瓦解河北地方豪族，曹操便同意儿子曹丕的请求，将作为战俘的甄宓许配给曹丕为妻。当时封建礼教并未盛行，再婚并不被视作一种耻辱，作为曹家新妇的甄宓，尽最大努力做好自身的职责。甄宓对曹丕的妾侍勤加规劝，对受宠的姬妾劝勉她们努力上进，对失宠的妃嫔也加以开导安慰，并常常在闲宴上对曹丕进行规劝，劝勉其要好好对待其他侍妾以雨露均沾，曹丕听了对其不专宠的做法很是嘉许。

在和曹丕生活了三年后，甄宓诞下了二人生命的结晶曹叡。在曹丕代汉建魏后，甄宓被封为皇后，儿子曹叡为太子。然而随着年老而色衰，甄宓所受恩泽越来越少，更是由于曹丕后宫中专宠的贵人郭氏所进谗言，而被曹丕赐死埋葬于邺城。

黄初七年（公元 226 年），甄宓和曹丕的儿子曹叡即位，是为魏明帝。明帝追尊生母甄氏为文昭皇后。在得知生母甄宓是被郭氏害死之后，曹叡为了哺育之恩而向此时已为太后的郭氏发起最惨烈的攻击。明帝青龙三年（公元 235 年），他不顾礼法赐死了太后郭氏，并下诏宣布文昭皇后的寝庙享受和祖宗神庙同等的祭祀礼仪，同时将这项规定在金鼎上进行铭刻，以传示子孙后代永不相忘。

甄宓的才思文艺和她的姿色一样世间少有，其中流传最为广泛的正是《塘上行》，这首古诗被后人将之与曹植的《洛神赋》相提并论，并被收录入《玉台新咏》永存世间。

袁绍的改朝换代梦

作为"四世三公"世食汉禄的袁氏一族人，袁绍却非常热衷于给大汉换个天子。汉灵帝当政时期，袁绍就曾派遣门客许攸撺掇冀州刺史王芬在灵帝东巡之时狙杀皇帝，并立汉灵帝的亲弟弟"合肥侯"为新任皇帝，以求掌控整个汉室帝国的中枢，可惜此次密谋走漏了风声，王芬被迫畏罪自杀。

汉灵帝驾崩之时，密旨令幼子刘协为新帝，但经常出入大将军府上的袁绍又动了心思。他劝说大将军何进立何皇后的儿子刘辩为帝。这次变革虽然成功了，但是没多久何进即死于宦官之手，而掌控大权的董卓又废了刘辩，将刘协复为皇帝，袁绍换皇帝的梦再一次破碎。

诸侯群雄讨董之时，作为关东军的盟主，袁绍就又一次锲而不舍地重操旧业，想要给国家换皇帝。这次他推荐的人选是幽州牧刘虞，但这次提议不但遭到各路诸侯的反对，就连当事人刘虞也明确表示不当皇帝。于是这次的换皇帝就又泡汤了。

听说弟弟袁术手捧玉玺登基为帝，袁绍最后一次萌生出换皇帝的念头。这次不同以往，袁绍也想向兄弟学习，不立刘氏皇族，而要自立为帝。可惜此事还没等昭告天下，就被自己手下的谋臣将领集体反对而作罢。袁绍终其一生，尤爱为帝国换一个天子，可惜结果都不理想。这可能也与其"四世三公"这一位极人臣的境遇不无关系吧，想来换上一个草根阶层，也许就不会这样总是觊觎那至高荣耀。

官渡之战后的河北

爆发于建安五年（公元200年）的官渡之战，以曹操胜利袁绍失败而告终，但并不是说这一战之后，曹操就顺利地统一了整个黄河以北地区，从而能为南征荆州、东吴做准备。曹操彻底占据与消化河北之地，足足呕心沥血地用了七年时间。

官渡之战后，袁绍纵然失败，但是仍有实力平定冀州的多处叛乱，将以冀州为核心的河北之地尽数掌握在手中。直至两年后袁绍撒手人寰，失去袁绍压制的河北，方才陷入袁谭、袁尚兄弟阋墙、内乱不止的局面。然而兄弟阋墙的袁谭与袁尚，仍不是曹操能直接横扫的。黎阳一战失败后的袁氏兄弟，在邺城下通过乌桓等部落的援军，一举击败曹操的军队，成功地挽回颓势。建安九年（公元204年），曹操用计暂退，袁氏兄弟再次相争，曹操方才得到机会一举拿下河北之地，进而于建安十二年（公元207年）北击乌桓勒碑刻铭，完成对北方的统一。

拓展：曹植《洛神赋》

黄初三年，余朝京师，还济洛川。古人有言，斯水之神，名曰宓妃。感宋玉对楚王神女之事，遂作斯赋。其辞曰：

余从京域，言归东藩。背伊阙，越镮辕，经通谷，陵景山。日既西倾，车殆马烦。尔乃税驾乎蘅皋，秣驷乎芝田，容与乎阳林，流眄乎洛川。于是精移神骇，忽焉思散。俯则未察，仰以殊观，睹一丽人，于岩之畔。乃援御者而告之曰："尔有觌于彼者乎？彼何人斯？若此之艳也！"御者对曰："臣闻河洛之神，名曰宓妃。然则君王所见，无乃是乎？其状若何？臣愿闻之。"

余告之曰：其形也，翩若惊鸿，婉若游龙。荣曜秋菊，华茂春松。髣髴兮若轻云之蔽月，飘飖兮若流风之回雪。远而望之，皎若太阳升朝霞；迫而察之，灼若芙蕖出渌波。秾纤得衷，修短合度。肩若削成，腰如约素。延颈秀项，皓质呈露。芳泽无加，铅华弗御。云髻峨峨，修眉联娟。丹唇外朗，皓齿内鲜，明眸善睐，靥辅承权。瑰姿艳逸，仪静体闲。柔情绰态，媚于语言。奇服旷世，骨像应图。披罗衣之璀粲兮，珥瑶碧之华琚。戴金翠之首饰，缀明珠以耀躯。践远游之文履，曳雾绡之轻裾。微幽兰之芳蔼兮，步踟蹰于山隅。

于是忽焉纵体，以遨以嬉。左倚采旄，右荫桂旗。攘皓腕于神浒兮，采湍濑之玄芝。余情悦其淑美兮，心振荡而不怡。无良媒以接欢兮，托微波而通辞。愿诚素之先达兮，解玉佩以要之。嗟佳人之信修兮，羌习礼而明诗。抗琼珶以和予兮，指潜渊而为期。执眷眷之款实兮，惧斯灵之我欺。感交甫之弃言兮，怅犹豫而狐疑。收和颜而静志兮，申礼防以自持。

于是洛灵感焉，徙倚彷徨，神光离合，乍阴乍阳。竦轻躯以鹤立，若将飞而未翔。践椒涂之郁烈，步蘅薄而流芳。超长吟以永慕兮，声哀厉而弥长。

尔乃众灵杂沓，命俦啸侣，或戏清流，或翔神渚，或采明珠，或拾翠羽。从南湘之二妃，携汉滨之游女。叹匏瓜之无匹兮，咏牵牛之独处。扬轻袿之猗靡兮，翳修袖以延伫。体迅飞凫，飘忽若神，凌波微步，罗袜生尘。动无常则，若危若安。进止难期，若往若还。转眄流精，光润玉颜。含辞未吐，气若幽兰。华容婀娜，令我忘餐。

于是屏翳收风，川后静波。冯夷鸣鼓，女娲清歌。腾文鱼以警乘，鸣玉鸾以偕逝。六龙俨其齐首，载云车之容裔，鲸鲵踊而夹毂，水禽翔而为卫。

于是越北沚，过南冈，纡素领，回清扬，动朱唇以徐言，陈交接之大纲。恨人神之道殊兮，怨盛年之莫当。抗罗袂以掩涕兮，泪流襟之浪浪。悼良会之永绝兮，哀一逝而异乡。无微情以效爱兮，献江南之明珰。虽潜处于太阴，长寄心于君王。忽不悟其所舍，怅神宵而蔽光。

于是背下陵高，足往神留，遗情想像，顾望怀愁。冀灵体之复形，御轻舟而上溯。浮长川而忘返，思绵绵而增慕。夜耿耿而不寐，沾繁霜而至曙。命仆夫而就驾，吾将归乎东路。揽騑辔以抗策，怅盘桓而不能去。

步练师
宽容慈惠，淑懿之德

水枕江南，梦回水乡。大乔、小乔姊妹双姝艳冠群芳，似是将江南的十成美景尽皆入画，又逢孙策、周瑜与之相配，亦是尽得芳华。然而，东吴大帝孙权宫内，也有着不输于双乔的佳人，她正是独得孙权恩宠的步夫人步练师。

人物卡片

姓名：步练师

称号：皇后

籍贯：临淮淮阴

亲族：东吴丞相步骘、抚军将军步协

丈夫：东吴大帝孙权

子女：全公主孙鲁班、朱公主孙鲁育

历史评价：惟后佐命，共承天地。虔恭夙夜，与朕均劳。

内教修整，礼义不愆。宽容慈惠，有淑懿之德。

作为三国钟灵滋润出来的娇柔，步练师自幼便多受磨难，并在磨难中锤炼成长，最终成为母仪天下的皇后与天下女子的骄傲。

步练师出身临淮淮阴大族，其先祖乃是孔门七十二贤中的步叔乘。作为圣人门生，步氏一族以诗书传家，在淮阴有着崇高的声望。然而，汉末的战火打破了诗书的宁静，为躲避战乱，步氏一族举家迁往庐江县。但随着战火的蔓延，位于江北的庐江也难以保全宗族，步氏于是跨江南下，迁往西陵避难。

作为传承数百年的大家族，族中女子自幼便习得儒家典籍，知书达理贤良淑德。客居江东的步氏一族，族中子弟多入官场，为东吴的建立与发展贡献良多，享誉大江南北的名士步骘更是成为东吴继陆逊之后的又一位丞相。

与德高望重而又权倾朝野的丞相相对应，步练师在宫中的地位有过之而无不及。东吴大帝孙权的后宫佳丽如云，然而没有任何一位妃嫔能与步练师争宠，步夫人是后宫女子们目光中当之无愧的焦点。宫人们争相模仿她的妆容、她的仪态、她的气质，只为了能够让大帝孙权能多看自己一眼。

然而步练师除了有着艳冠群芳的姿容，亦有着不下于宰辅的气度才华。她不以自身的恩宠而骄纵，反倒是知书达理，常常按照大妇的要求来严格管束自身。史书上用"性不妒忌，多所推进，故久见爱待"来形容这位大美的后宫丽人。

可命运无常，纵使是如此一位得到大帝青睐的宫人，一位贤良淑德的温婉女子，也未能得到全朝野的认可。当孙权称帝之时，想要将步夫人立为皇后，让其母仪天下，以全万事不负之情，然而此事引发群臣激烈反对。臣下们是从国家稳定的角度考虑，想让当时太子孙登的养母徐夫人来当皇后，以防止步氏做大及更迭太子扰乱国家根基。

但大帝孙权对步练师的喜爱，早已出乎言表。出乎群臣的预料，虽然孙权没有办法忤逆群意，但是却做出一件天地百年间亘古未有之事：直至步练师逝世，十年间不立皇后。

虽然内朝不设立皇后，但是步夫人的一切规制都是按照皇后的礼仪来布置的，后宫中的人们也以皇后来称步夫人，步练师成为东吴后宫的无冕之王，其恩宠由此可见一斑。

宠冠后庭的步夫人，为一代帝王孙权生有二女，并在赤乌元年（公元238年）逝世。步夫人逝世后，孙权悲痛万分，他顶住一切压力，赠其印绶，并将之追封为皇后，葬于蒋陵。而步夫人留在世上的两位千金，也十分得孙权喜爱，先后被嫁与东吴重臣名将，世受荣宠。

吴国发家史

孙坚并不是传统意义上的地方豪强，但是其却抓住机遇，让孙策、孙权成为真正的"官二代"。孙氏世代在吴地做官经商，家在富春，祖坟在城东，孙坚的父亲孙钟以种瓜为业。年少的孙坚即表露出超人的胆识与谋略，十五岁时即曾有着单枪匹马喝退群聚盗匪的惊人战绩。

从汉灵帝熹平元年（公元172年）开始，18岁的孙坚即受到刺史臧旻的举荐，入仕为盐渎县丞。之后的十余年间，孙坚几经辗转，但都是流寓在"县级干部"的岗位上不得寸进，先后就任盐渎县丞、盱眙县丞、下邳县丞。

直至中平元年（公元184年）黄巾起义爆发，朝廷派遣中郎将朱儁率师平乱，朱儁征召孙坚为佐军司马（约为现在副团级干部）。因战功赫赫，孙坚很快就获得升迁，升任别部司马（约为现在独立团团长）。孙坚更是抓住长沙叛乱的机遇，带兵平乱后被授予长沙郡太守（约为现在部级领导）之衔，郡守品秩两千石，是全国有数的高官，而这时的孙坚方才32岁。从一个郁郁不得志的县丞，到主政一方的郡守，孙坚只用了不到三年时间。

做了太守的孙坚，更是得到了大汉朝廷最高的礼遇——封侯，而且一封就是个县侯——乌程侯。县侯几乎可以说是整个大汉朝廷臣子们能获得的最高殊荣，因此孙氏在江东也水涨船高，成为能比肩世家大族的豪强之家。如此一来，方才有未来孙策、孙权策马天下、驰骋江东的辉煌日子。

江东世家大族大盘点

从汉末开始，直至西晋一统寰宇，江东世族始终是东吴能够屹立江东的重要保障。这些世族有些是在江东扎根百年的世代豪奢，而有些则是汉末避祸江东的北方文儒世家，其主要有：

以经学名家虞翻为首的虞氏、丞相顾雍为首的顾氏、名士魏滕为首的魏氏、前将军朱桓为首的朱氏、辅义中郎将张温为首的张氏、大将军陆逊为首的陆氏、丞相步骘为首的步氏……

这些家族子弟，在东吴身居高位，把控住寒门士子的晋升渠道。然而也正是这些家族中的子弟，一代代前赴后继，方使得东吴成为魏、蜀、吴三国之中最后一个灭亡的政权。

邹 氏
倾城祸水，哭望天涯

邹氏是原董卓部将张济的妻子，宛城太守张绣的婶婶，《三国演义》和《三国志》均未记载其姓名，人们多以"邹氏"或"邹夫人"唤之。其美艳绝伦，可谓是绝代娇娃，而天香国色的红颜祸水，正可谓是《三国演义》中对邹氏的真实写照。震古烁今的枭雄曹操，即因为这位美人而险些丧命于宛城。

人物卡片

姓名：邹氏

别称：邹夫人

丈夫：张济

外甥：张绣

建安二年（公元 197 年），迁天子于许都的曹操，认为囤聚在宛城军队距离国都过近，是一个严重的威胁，遂起兵征伐宛城。此时的宛城守将是张绣，张绣是董卓部将张济的侄子，而张济方才于建安元年（公元 196 年）战死，张绣军心不稳，纵然有荆州刘表的援助，也难以与曹操抗衡，故而张绣直接举城投降。

曹操在得了张绣的部曲后，不禁志得意满起来，同时为安抚降军，便屯驻宛城。俗话说温饱思淫欲，曹操见张绣的婶婶、张济的妻子邹氏娇艳，便色与魂授间将其纳入后营。同时，为了剪除张绣的存在对曹氏的威胁，便买通张绣部将胡车儿刺杀张绣。然而，刺杀失败了。被刺杀的张绣面对着婶婶失身、自身不保的境遇，于是怒发冲冠，立时挥师叛乱。

就这样到手的宛城失了，曹操的金牌保镖典韦和长子曹昂，为掩护曹操撤离而战死。曹军原来的地盘舞阴等地也落入张绣手中，曹操的"赔了夫人又折兵"，可谓是另一版本的周公瑾。

从建安二年（公元197年），一直到建安四年（公元199年）张绣在贾诩的劝说下投降。曹操三征宛城，却一直都难以攻克。投诚之后，曹操为显胸襟宽广，并不追究张绣当年之事，并和张绣结成儿女亲家，让其子曹均迎娶了张绣的女儿为妻。

宛城的难以攻克，使得官渡之战前，曹操势力发展速度远落后于河北袁绍，方才酿造了官渡之战时的弱势。可以说是一步错步步错，一着不慎满盘皆输。如果曹操能抵制住好色这一人类原始的本能，很大可能是宛城不会陷入乱局，这样曹军就能及时的西进与南下，并以优势实力迎战袁本初于官渡。这样河北之地也不至于直至建安十二年（公元207年）方才平定，这样三国的乱局似乎也不会产生，新的王朝将带着中国走向新的辉煌。

然而曾嫁做人妇的邹氏，年近三十仍能将曹操迷得神魂颠倒为之痴狂，其姿色之撩人，想来应是天人之作。张绣这一宛城之战的最大元凶，一路官运亨通，官至破羌将军，封宣威侯，于建安十二年（公元207年）远征乌桓时方才病逝。邹氏并未做任何错事的女子，却因祸国殃民的记载而遗臭万年。况且说一千道一万，所谓的红颜祸水不过是英雄的遮羞布，对于女子来说，只剩下红颜薄命方是真实不虚的。三国中的绝色美女邹氏，在宛城之战后便消失在历史长河之中了，可能再是美艳，也抵挡不过战争的烽火吧。

张绣绝嗣

建安四年（公元 199 年）张绣投降曹操，曹操为显胸怀宽广，不仅赦免他的罪行，还对其礼遇有加，但是曹氏家族是否真心能够宽恕其杀子之仇呢？答案是不言自明的。

建安十二年（公元 207 年）随军远征乌桓之时，张绣死于军中，虽有病逝的言论，但在《魏略》中却指出张绣之死，是源自曹丕的斥责而畏危自杀的。

建安二十四年（公元 219 年）魏讽谋反案爆发，张绣之子张泉牵连案中，被曹丕枭首示众，张绣一族就此消亡于华夏大地之上。魏讽谋反一案，所涉及人员皆为荆州士人，爆发时间为关羽威震华夏之时，不排除是曹丕借机铲除政权中不安定因素，而自导自演的一出案件。

三国金牌保镖

三国时期群英荟萃，豪雄人杰数不胜数，单就"保镖行业"而言，光是金牌保镖即不胜枚举。而正是这些"保镖"们，用他们的时间与生命，保障了一位位豪侠枭雄能够有足够的时间来完成其改造天下的伟大事业。

刘备有着人气爆棚的常山赵子龙和忠勇无二的陈到陈叔至；董卓也有着虽然不靠谱但勇猛无敌的保镖吕布吕奉先；孙权则有着浑身刀疮仍死战不退的周泰周幼平；而在曹操身边的则是古之恶来典

韦与虎痴许褚。

这些金牌保镖的战斗值都能排在三国的前二十，是名副其实的金牌保镖。其中最让人扼腕叹息的可能就要数忠于护主、死于乱军的典韦了。

古之恶来——典韦

典韦的勇武，在三国类游戏盛行的今天已经被大家广为所知。而典韦其究竟是如何得到"古之恶来"这个称号的呢？想必知道的就不是那么多了，且听我细细地道来。

"恶来"是《墨子》一书中提及的纣王身边能与恶虎搏斗的勇士，后来这位勇士为了保护纣王，而在与周军的战争中牺牲了。这位勇士有着两个难以磨灭的特点，即勇武与忠诚。而典韦很明显完全契合"恶来"的这两个特点：典韦从军的时候，即打造了一对重八十斤的铁戟用来作战，"武圣"关羽的青龙偃月刀，也不过八十二斤而已，典韦其勇武可见一斑。而典韦更是用一死，完美诠释了忠诚这两个字。典韦之死充满着悲壮，其被张绣叛军用乱箭射中而死。想来长坂坡上赵子龙七进七出，曹军未放一箭，可能曹操想到了同样勇武的典韦。

第二章　三国红颜之才女篇

上苍似乎最钟情于汉末三国的百年，它将全世界的英贤鸾翔凤集在华夏这片沃野间。最睿智的君主、最尽瘁的贤才、最高效的文史们决策于庙堂；最铁血的统帅、最英勇的武将、最刚毅的士卒们杀伐于疆场；最儒雅的名士、最风流的狂生、最灵慧的童子泛舟于江湖。在这血与火相融、诗与酒相伴的江山中，若是缺失那么一抹柔情如水，狡黠如月，似乎总是不那么完整。

《三国演义》中美女如织，往往就在不经意的惊鸿一瞥间，她们的倩影便已深深映入人们的心底。然而，相较于那些让人茶饭不思的倾城佳人，才女们胜似星华的回眸一笑，却往往更能使人魂牵梦萦。这些钟灵毓秀的人儿，似乎真的是集天地之灵气，夺日月之造化，在猛将如云、谋臣如雨的三国时期，仍然绽放出最耀眼的光华。无论是《胡笳十八拍》的幽婉，抑或是情思缱绻的《洛神》华篇，又或是在蜀道上永不停歇的木牛流马……这一篇篇、一件件无不在诉说着三国才女们那穿越时光、超越时代的智慧与才情。

蔡 琰
比肩卓文君的蔡文姬

提及才女，历史上能与蔡大家相提并论的屈指可数，面对这位命运坎坷、哀怨凄婉的才女，后世的人们唯有那道不尽的千古离愁乱，诉不完的敬仰思怀情。

人物卡片

姓名：蔡琰

表字：文姬、昭姬

籍贯：陈留郡圉县

父亲：蔡邕

丈夫：卫仲道、匈奴左贤王、董祀

历史评价：端操有踪，幽闲有容。区明风烈，昭我管彤。

——《后汉书》

代表作品：《胡笳十八拍》《悲愤诗》

蔡琰的父亲，是东汉末年的文学巨擘蔡邕，蔡邕通经史、善辞赋、精书法、明音律，其文学才思，得到经学大家马融族人"旷世逸才"的评语，而其书法造诣更是在后世得到南朝著名书评大家袁昂"骨气洞达，爽爽如有神力"的击节叹赏。作为父亲的小棉袄，文姬得到文采深得父亲真传，而且文姬不仅才辩清雅让士子为之心折，她的舒窈娉婷更是让女子为之痴狂。为了教育女儿不要以色侍人，而是注重内在修养，蔡邕更是亲自为女儿作了流传千古的佳作——《女训》。文姬的艺术造诣更是力压群芳。在她九岁时的一个夜晚，父亲蔡邕弹琴时琴弦突然断了一根，蔡琰立刻道："是第二根弦断了。"蔡邕很诧异，以为小文姬是猜对的，于是便故意又弄断一根问她，蔡琰淡定地说出是第四根，其资质让人不禁心折。

父亲的言传，秀气的姿容，加之良好的出身，造就了文姬无与伦比的艺术禀赋。而文姬并不以之自满，其前半生博览经史，共研习著述四千余卷的勤奋，更是让人啧啧称道。

有道是：一家有女百家求，出生在如此一个父慈女孝的和谐家庭，文姬本就应得到自己的幸福，父亲蔡邕很快便为文姬择好了良人——卫仲道。卫仲道是河东卫家有名的才子，卫家自从汉初，便已发迹于河东，大将军卫青更是将家族的威名传播四海。一对佳人郎才女貌，琴瑟和鸣，婚后的生活可谓十分美满。只可惜上天却并不遂人愿，怀揣着对未来美好生活向往的蔡文姬很快就发现，生活的七彩流光，其实更像是一个幻散着斑斓的泡影，婚后尚不足一年，夫婿卫仲道便身染重症，咯血而亡。

此时乱世的征兆虽已显现，但"既嫁从夫"礼法在世人心中还未废除，文姬只能孑然一身在河东生活，可卫家又以文姬克夫为由对她百般折辱。爱女心切的大儒蔡邕，不忍女儿受辱，生平第一次置礼法于不顾，强行让女儿"归宁"家乡，了断女儿与卫家的一切纠葛。

然而，尚未从丧夫的苦痛中舒缓过来的文姬，却又将面对美好韶华中的第二次打击。

父女团聚尚不过几日，来自洛阳的征辟便送至蔡府——权倾朝野的董卓征召蔡邕为祭酒。诗书传家的蔡邕本不想理睬粗鄙的董卓，但真可谓：秀才遇到兵，有理说不清。蔡邕的婉辞，却使得董卓大怒，以灭族为恐吓，强硬地拆开这对刚刚得聚的父女。文姬自此流寓关东，直至初平三年（公元192年）蔡邕横死长安，与父亲终再未曾相见。

兴平二年（公元195年），趁着中原地区军阀混战之机，屯驻在河套地区的南匈奴南下中原，烧杀掳掠，文姬便在此时被胡人掳去，在边塞苦寒之地过着颠沛的日子。作为俘虏，她没有身份，没有地位，更被强逼失身，文姬忍着生活习惯上的差异和巨大的耻辱默默生存。一代才女蔡文姬自此在史书中消失了一十二载，直至建安十一年（公元206年），其倩影方又出现在史籍当中。

这十二年，塞北的风雪似乎丝毫未曾改变，但长城以南早已沧海桑田。绝世枭雄、大汉丞相曹操迎献帝至许昌，挟天子令诸侯，更是即将南征孙刘。此时的曹操已经一统中原，正是志得意满之时。在听闻蔡邕的女儿身陷羌胡之地后，便立即派遣汉家使臣出使匈奴，意欲赎回这位蔡家的千金、大汉的明珠，来向四邻彰显自身无上的权威。

在边疆默默地生活十二年后，文姬终于再次见到了汉家天使，此时的她已被迫成为匈奴左贤王的奴婢，并诞下两个幼子。文姬默默地看着汉使来到王庭大帐，默默地看着汉使与王讨价还价，默默地看着汉使将玉璧交入王的手中。这一切在她的眼中都是静默无声的，因为她知道，她将阔别这生活了十二年的地方，阔别这为奴为仆的日子，但同时也将阔别她自己的两个孩子！文姬明白，无论如何，王不会让他的子嗣成为汉家的质子。

作为一个母亲，与这次打击相比，之前的打击又能算得了什么呢？

她随着汉使返回了中原，没有反抗，没有逃跑，因为她知道此时纵然是她不顾一切，以最卑微的姿态去恳请，也只会是徒劳，她终归难以再陪在两个孩子的身边。

回到中原的蔡文姬，作为一件宣扬国威的工具的使命已经结束，在奸雄的眼中没有了更多的价值。因此曹操下令，将蔡文姬许配给屯田都尉董祀成为夫人。

无论世界如何变幻，生活总要继续。当她想要开启新的人生之时，上天又与她开了个并不好玩的玩笑：其夫董祀犯法当死。突闻这个噩耗，蔡琰匆忙去向曹操请罪。纵然是冬天，文姬仍披散着头发光着脚面对满堂公卿，以示虔诚。她的话语条理明晰，情感哀痛酸楚，满堂士大夫都为之动容。

在曹丞相的请求下，文姬将早已因战乱散佚四野的蔡府典籍，一一默记出来，共有足足四百余卷数以万言。曹操终被文姬的才华与情谊所感动，赦免了董祀的死刑，使其夫妇团聚。

此后，蔡文姬与董祀夫妇琴瑟和鸣，并渐渐淡出人们的视野，唯留下一段江湖传说、一段世间美谈。丧父丧夫之苦和儿女难以相见的悲思，名作《胡笳十八拍》和《悲愤诗》都未曾哼吟于文姬之口。

以后，世间再也没有了蔡家才女，也没有卫家新妇，更没有匈奴女婢，唯有不以色侍人，不以才傲物，不卑不亢地生活于世间的董夫人。

飞白书

飞白书是东汉大儒蔡邕所创,因其在笔体上有"丝丝露白"之状,字态中有"飞湍肆动"之势,故而得名"飞白"。相传为蔡邕偶然经过洛阳鸿都门,看见匠人用沾白粉的扫帚刷字受到启发所创。因这个传说,故另有一种说法认为,"白"与"帛"在古时为通假,所以飞白书即"飞帛书"。

飞白书经过历史演变,遍及篆、楷、行、草诸体,延伸出飞白草、飞白篆、飞白楷等多种新的表现形式,书圣王羲之、史学名家萧子云即擅长此道。

蔡邕平步青云

东汉大儒蔡邕文辞、书法、音律俱佳,盛名闻于天下。董卓执政之时,征辟其为祭酒,并在之后的三日之内连升数级,历任侍御史、持书御史、尚书,转历尚书、御史、谒者三台,风头可谓一时无两。然而最终,蔡邕随着董卓的灭亡而惨遭不幸。

董卓之所以会重用蔡邕,除了对蔡邕才能的肯定之外,更在于蔡邕的身份:与名士胡广的师生情谊;与宦官势力的势同水火;与"党人"群体的亲厚关系;与袁氏、崔氏、杨氏等大族的亲厚关系。因此,在董卓党政之时,蔡邕能够平步青云似乎也就在情理之中了。

拓展：蔡琰《悲愤诗》

汉季失权柄，董卓乱天常。志欲图篡弑，先害诸贤良。逼迫迁旧邦，拥主以自强。

海内兴义师，欲共讨不祥。卓众来东下，金甲耀日光。平土人脆弱，来兵皆胡羌。

猎野围城邑，所向悉破亡。斩截无孑遗，尸骸相撑拒。马边悬男头，马后载妇女。

长驱西入关，迥路险且阻。还顾邈冥冥，肝脾为烂腐。所略有万计，不得令屯聚。

或有骨肉俱，欲言不敢语。失意机微间，辄言毙降虏。要当以亭刃，我曹不活汝。

岂复惜性命，不堪其詈骂。或便加棰杖，毒痛参并下。旦则号泣行，夜则悲吟坐。

欲死不能得，欲生无一可。彼苍者何辜，乃遭此厄祸。边荒与华异，人俗少义理。

处所多霜雪，胡风春夏起。翩翩吹我衣，肃肃入我耳。感时念父母，哀叹无穷已。

有客从外来，闻之常欢喜。迎问其消息，辄复非乡里。邂逅徼时愿，骨肉来迎己。

己得自解免，当复弃儿子。天属缀人心，念别无会期。存亡永乖隔，不忍与之辞。

儿前抱我颈，问母欲何之。人言母当去，岂复有还时。阿母常仁恻，今何更不慈。

我尚未成人，奈何不顾思。见此崩五内，恍惚生狂痴。号泣手抚摩，当发复回疑。

兼有同时辈，相送告离别。慕我独得归，哀叫声摧裂。马为立踟蹰，车为不转辙。

观者皆嘘唏，行路亦呜咽。去去割情恋，遄征日遐迈。悠悠三千里，何时复交会。

念我出腹子，匈臆为摧败。既至家人尽，又复无中外。城廓为山林，庭宇生荆艾。

白骨不知谁，纵横莫覆盖。出门无人声，豺狼号且吠。茕茕对孤景，怛咤糜肝肺。

登高远眺望，魂神忽飞逝。奄若寿命尽，旁人相宽大。为复强视息，虽生何聊赖。

托命于新人，竭心自勖励。流离成鄙贱，常恐复捐废。人生几何时，怀忧终年岁。

伏 寿
忠于汉室，情比金坚

伏寿出身琅邪名门，其父亲伏完是西汉大司徒伏湛的七世孙，承袭爵位不其侯，同时亦为汉王朝名满天下的大儒，并在当时的朝中担任侍中职务；伏寿的嫡母是阳安长公主，其为汉桓帝刘志的长女。伏寿有着两个哥哥伏德、伏雅和四个弟弟伏均、伏尊、伏朗、伏典，伏寿是家中唯一的女儿，自是受到全家人的呵护。可惜尽管伏寿天生丽质，并作为如此一个家学渊源、一门显贵的大家族之中的千金，却并未能享受到任何的荣华。

人物卡片

姓名：伏寿

称号：皇后

籍贯：涂州琅邪郡东武县

父亲：伏完

母亲：阳安公主刘华

丈夫：汉献帝刘协

历史评价：献帝伏皇后，聪慧仁明，有闻于内则。

伏寿自小在洛阳长大，她出生之时，适逢十常侍当道，朝内朝外一片乌烟瘴气，而不久黄巾起义即在华夏神州轰轰烈烈地上演。此时无论是平民百姓还是世家大族，均生活在困顿与慌乱之中。当小伏寿长大出阁之时，更是遇到了一场浩劫——董卓焚烧洛阳城，东汉帝都西迁长安。伏寿随着父亲与满朝公卿流寓于洛阳至长安的路途中，往昔一片繁华的洛阳，就在伏寿眼前，任由火光冲天直撼云天。

到了长安之后，因长途迁徙宫人多失散，且新皇登基按旧制应当选后纳妃。于是，在董卓的主持下，在朝臣中颇有佳名流传的伏寿被纳入宫中为贵人，而在第二年即荣登皇后的宝位。但此时的长安，宫殿楼宇皆残破不堪，虽然贵为皇后，伏寿的生活却并未有多大的改善。

当董卓亡于王司徒的美人计之后，献帝与伏皇后尚未安稳，生活中的磨难即接踵而至：董卓余部反攻长安杀死王允、李傕郭汜长安城内不断厮杀、朝廷中枢亡命奔回洛阳。在逃亡洛阳的过程中，帝后与六宫妃嫔都步行出营，当伏寿跟随汉献帝终于到达安邑之时，汉献帝和她穿的衣服都磨烂了，所食也不过是杂粮、枣栗之类勉强能够糊口。这对新婚夫妇将这一件件一桩桩的困顿经历一起扛了过来，困顿的生活反而使得夫妇间的情感日益升华。

到了洛阳之后没多久，伏寿和汉献帝便见到了赶来洛阳觐见的曹操，并随之将汉王朝的都城迁往许县。可哪承想曹操并非是一心忠于汉室的股肱之臣，而是一个企图"挟天子以令诸侯"的野心家，到了许县的汉献帝，完全成为曹操手中的傀儡。伏寿看着丈夫日渐消瘦，内心的苦楚又有谁知呢？于是伏寿便与父亲伏完谋划，为帮助丈夫与复兴汉室全力一搏。

献帝要想真正中兴汉室，恢复帝王权威，铲除曹操是最重要的一环，而如何铲除大权独揽的曹操，则是一个难以绕过的问题。在伏寿为丈夫的谋划中，极力拉拢国舅董承即是这场战役中最重要的一步棋。董承是后宫中董贵人的父亲，与伏完一样是皇亲国戚。但与儒雅恭谨的伏完不同，董承乃是军旅之人，其手中掌握着近万人的禁军卫戍。但是董承与伏寿夫妇的关系并不和睦，而这也是曹操能容忍其在都城掌握军队的原因。

在帝后和六宫妃嫔拼命逃亡之时，董承乃是护卫部队的长官，但他并未表现出对献帝的尊重与忠诚，还曾指使符节令孙徽抢夺伏寿手中的几匹绢帛，并因口舌之战便将伏寿身边之人全部杀掉，四溅的鲜血甚至沾满她的衣服。这使得献帝夫妇在到达安邑之时，方才如此狼狈。

为了丈夫能够摆脱这种被束缚手脚、日渐消瘦的境遇，伏寿不顾往日自身所受的委屈，亲自说服丈夫赐予董承密诏，而这封诏书，即是后世鼎鼎大名的"衣带诏"。可惜的是，衣带诏的良策因为小人的告密而功亏一篑，伏寿的一番心血不仅付诸东流，甚至在后来为她招来祸患。

建安十八年（公元 213 年），曹操为加强对献帝的控制，把自己的三个女儿曹宪、曹节、曹华送入宫中为夫人，或许是这次将女儿送入皇宫的行为，产生了一系列"化学反应"，伏寿当年的谋划被曹操发现。于是，贵为一国之母的伏皇后便和她所生下的两位皇子一起，被权臣曹操派人幽闭致死，伏氏一族百余口更是尽皆惨遭杀害，一代贤后至此香消玉殒，令人留下无尽的怅惘。

而就在这一年，曹操的女儿曹节被封为新的皇后，东汉王朝距离被魏国取代又近了一大步。

汉献帝

汉献帝刘协是东汉王朝最后一任皇帝，其九岁即位，在位共计三十一年。但这三十一年中，刘协从未掌握过真正的至尊权力，仅是各路企图"挟天子以令诸侯"的地方军阀势力眼中的筹码。因不甘作为傀儡虚度一生，"威权去已"的刘协尝试过使用手中有限的权力，极力去摆脱自身悲剧的命运。他通过"衣带诏"等各种方式，试图去借力打力，在夹缝中重新树立帝王权威，可惜事情的发展并不以其主观愿望为转移，这些努力最终全都化为徒劳。

刘协的悲剧正在于他本人并非昏聩之君，在某种程度上甚至表现出一定的天禀，但最终的结果却是"只手无力挽河山"，致使其唯有被命运所摆布，而这正是生在乱世中最可悲可叹的悲剧。

衣带诏背后的龌龊

《三国演义》中谈到汉献帝刘协不堪被曹操把持朝政，遂秘赐国舅董承以衣带诏，并让其牵头，皇叔刘备、长水校尉种辑、西凉太守马腾、议郎吴硕、昭信将军王子服等人参与，谋划除掉丞相曹操。后因事情泄露，除刘备、马腾逃离许昌外，其余人皆惨遭族灭。此事在《后汉书》《三国志》《资治通鉴》《后出师表》中都有提及，除参与人物略有不同，其余皆同于《三国演义》。

那么，参与衣带诏的诸人都是汉室忠臣吗？答案显然不是这样的。董承是汉灵帝母董太后的侄子和汉献帝的岳父，看似可谓是大汉朝的铁杆拥趸。然而事实上,董承在董卓进京后,先是投靠董卓为其爪牙,后又追随李傕为虎作伥,其唯一的功绩不过是在李傕的命令下,掩护献帝东逃而已。因此,董承充其量不过是一个失败的野心家。

汉末红极一时的人物

东汉末年,皇帝刘协接连被几路军阀所控制,难以发挥自己汉家天子的君威。其首先是被董卓所册立并把持,接着董卓被王允、吕布所灭后没多久,即又落入李傕、郭汜手中摆布,最后又流寓到曹操处,成为曹氏集团所把玩的傀儡。全国掌权者从大将军何进,到太师董卓,再到丞相曹操。

但其实,在这中间还有着几个人曾占据过这个国家最高官位,他们就是:杨奉、韩暹、张杨、董承。

这几位在汉献帝从长安出逃至洛阳阶段出过力,于是便被颠沛流离的皇室一顿加官晋爵来笼络。封原白波贼韩暹为大将军、司隶校尉;凉州将领杨奉为兴义将军、车骑将军;河内太守张杨为安国将军、大司马;双重外戚董承为卫将军、拜列侯。但后来,几位荣耀一时的"股肱之臣"全都如流星般散佚了。

这些名不见经传的人物,因势利导之下,竟在职位上成为可以比拟袁绍、孙权的国家重臣。但是,能力有限的人,纵然一时之间做得如何耀眼,也终归是要尘归尘土归土。

辛宪英
算无遗策，言必依正

　　辛宪英，一个三国读者相对陌生的名字，但这位女子在历史上，其智慧曾与曹娥的孝、木兰的贞、曹令女的节、苏若兰的才、孟姜的烈相并称，皆谓之出类而拔萃。

人物卡片

姓名：辛宪英

籍贯：颍川阳翟

父亲：曹魏侍中辛毗

丈夫：曹魏太常羊耽

兄弟：曹魏卫尉辛敞

历史评价：善于料事如此，而又能料人，真女中之英才耳。

　　可以说辛宪英的智慧，是三国那个时期最顶尖的，其甚至被称作"女版诸葛亮"。与正版的诸葛亮相比，辛宪英更加出名的地方在于她的高瞻远瞩的前瞻视野。辛宪英曾通过蛛丝马迹，预见到关系着三国走向的三件大事，其"先知"能力完全不逊色于"智近乎妖"的诸葛孔明，一句"女中之英才"的评价，完全当之无愧。

一、察觉曹魏没落

　　辛宪英的父亲辛毗曾是曹丕身边的亲信，深得曹丕信任与依赖。当时曹操对于继承人的选择始终游移不定，但经过多方衡量比较，其最终的选择仍是魏世子曹丕。曹丕在得知能有机会继承王位之后，兴奋难耐不能自已。辛宪英在从父亲处得知曹丕成为王位继承人后的态度，便对父亲说：曹丕被立为世子后，居然不为肩负重任而忧虑，反倒是窃喜不能自禁，如此一位世子，如何能够将魏国带上华夏之巅呢？果然，终魏一世曹氏也未能完成大一统的梦想，反而是成为司马氏成功的踏脚石。

二、察觉司马氏上位

魏明帝曹叡病重之时，将家国托付给宗室曹爽和老成稳重的司马懿，希望他们能辅佐少帝曹芳光大魏国。然而因为曹芳登基之时过于年幼，国家大权全被作为宗室的大将军曹爽把持，司马懿甚至被迫下野养病在家。此时辛宪英的弟弟辛敞官任大将军府参军，然而虽为参军，却仅是在大将军府任职，而并不是大将军曹爽的心腹部下。

正始十年（公元249年）正月初六日，是先皇明帝逝世十周年的祭奠之日，少帝曹芳在曹爽及大臣的陪同下，前往明帝下葬的高平陵祭奠。正在这一天，卧病在床的司马懿突然复出，并趁皇帝外出之际，在京城发动政变夺权。此时的辛敞因故未随曹爽出城，而是滞留在京城之内，遇到这场政变不知所措，便去求教姐姐辛宪英。辛宪英于是便给辛敞分析：第一，专横跋扈却志大才疏的曹爽一定不是老谋深算的司马懿的对手，胜利的绝对会是司马懿。第二，司马懿是清君侧，为魏国除去当道权臣，还魏国以太平盛世。

然而辛宪英这样的分析却不是让弟弟去投降司马懿，而仅是不与司马懿直接作对，求得保全之计。因为此外还有第三点，辛敞作为大将军府参军，虽然并不是大将军曹爽的心腹，但也必须要忠于职守自己的本分，必须去城外找到大将军，做好自己的本职工作。

果然，司马懿是不会为难一位忠于职守之人的，况且他并未与自己作对，也并不是曹爽的心腹手下。辛敞在姐姐的谋划下，安然度过了这场几乎必死之局，反而因为忠于职守而获得升迁。

三、察觉钟会将谋叛

曹魏镇西将军钟会本是司马氏的家臣，后因帮助司马氏谋划夺权而逐步高升，最终在曹魏政权中成为举足轻重的人物。作为著名大儒钟繇之子，钟会才华横溢，无论是与人交谈还是为文作赋，在全魏国都是首屈一指，朝野中到处都是对钟会的褒赞。

然而，在钟会率师伐蜀，朝堂上一片歌颂之时，辛宪英却看到了钟会深埋在心底的野心。可天有不测风云，祸患终究是落到了她家头上。钟会选中辛宪英的小儿子羊琇担任随军参军，参与攻伐西蜀的事宜。羊琇在母亲的劝说下，几次三番上书，却推辞未果，不得以只得随军出征。临行前，辛宪英教导儿子：只有仁慈和宽恕，才是带兵的无上要旨，只有如此做才能免除祸患。羊琇时时谨记母亲的嘱托，用宽恕和仁慈指挥军队行进和征伐，深受士卒爱戴。并得以最终在钟会谋反之时，得到士卒保护全身而退。

辛宪英的智谋无双，除了其机智的天赋外，更大程度上在于她懂得什么是真正的聪明，那不是狡黠与机警，而是存乎天地之间，无上的仁义与忠诚。

辛宪英与蔡文姬的"亲戚关系"

智慧化身的辛宪英与大汉才女蔡文姬之间，也有着千丝万缕的"亲戚关系"。

辛宪英的丈夫，是兖州泰山郡望族，曾官至太常的羊耽。羊耽兄长羊衜的妻子，正是蔡文姬的姊妹。可以说一定意义上，辛宪英和蔡文姬也是有着亲戚关系。甚至可以说，三国才女之间，几乎都有着千丝万缕的联系。这和三国时期文献资源大都掌控在一定范围内有关，这也是后来两晋时期，门阀士族能够彻底掌控国家的原因所在。

曹爽真的那么不堪吗

历史上的曹爽不仅不像《三国演义》中说的那样不堪，甚至比史书《三国志》说的还要伟大！可谓是一个被历史的尘霾掩盖住自身光华的杰出政治家，其成功地为魏国曹氏家族续命十年。

曹魏江山在传到曹芳手中之时，早已经让曹丕的九品官人法弄得千疮百孔破烂不堪。国家的上层全都被士族门阀把持着，寒门庶子甚至难以得到有限的升迁渠道，曹氏宗族也失去对国家的有效管控，成为被门阀架空的半傀儡政权。甚至就连曹魏军队的掌控权都已经脱离曹氏皇族手中近十年，而由司马懿、满宠等门阀世家掌控。

在托孤之时，魏明帝将曹魏大权交由曹家第三代军事将领曹爽手中，目的即在于通过其来限制以司马氏为首的士族门阀势力，已达到巩固曹氏家国的目的。曹爽也不负所托，通过掌控军权而将司马氏架空，迫使门阀势力向曹魏宗族低头。但由于对门阀的限制用力过猛，促使高平陵事变发生，使得司马懿在曹芳、曹爽外出之际，一呼百应直接掌控京城，最终把曹魏江山葬送在自己的手中，真可谓是"一失足成千古恨"。

钟氏一门英豪

钟氏一族世代居住在颍川长社，是曹魏颍川士人的代表。汉末魏初时期，钟繇镇守关中，使得曹操政权有了一个稳定的西部边陲。钟繇历任司隶校尉、大理卿、相国、廷尉等职，在魏文帝登基之时，钟繇更是荣升三公，逝世后谥号为"成"，并获得配享曹操庭庙的殊荣。钟繇工于书法，在后世书法界与东晋的王羲之并称为"钟王"；其更以合纵连横之势在关中长袖善舞，帮助汉王朝及曹魏稳定雍凉之地，是一位当世不世出的豪杰。

钟繇长子钟毓，为人机敏好学，世称其有着父亲钟繇的遗风。年仅十四岁即在朝中担任官职，后在平定诸葛诞的战役中，因功勋卓著而被封为青州刺史、后将军，主持对吴国的攻伐事宜。钟毓不仅长于谋略，也颇有文名，著有文集五卷传于后世。

钟繇幼子钟会，为司马氏的权倾天下做出过不世之功。其先是辅佐司马氏平定毋丘俭之乱，后又辅弼司马昭解决诸葛诞之乱，成功地成为司马氏帐下第一能吏。后来在伐蜀成功后，由于野心增长，遂传矫诏发生政变，可惜政变失败而死于乱军之中。

47

左 芬
高雅才思，独占后庭

曾造就"洛阳纸贵"的文学巨擘左思，自幼其貌不扬却才华出众。而其妹妹左芬不仅在才思上完全不输于她这位兄长，在长相上更是甩左思几条街。

人物卡片

姓名：左芬

表字：兰芝

籍贯：齐国临淄

父亲：太原相左熹

丈夫：晋武帝司马炎

兄长：左思

历史评价：左贵嫔一诔一颂，类多粉饰之词，不足取信，但以一巾帼妇人，多才若此，足令须眉汗下。

代表作品：《啄木诗》《感离诗》《离思赋》

左芬，又唤作"左棻"，字兰芝，齐国临淄（今山东淄博）人，她的诗作流传甚广，并以其哀婉情深著称于时。她在年轻时就是一个勤奋刻苦的人，少女时代的左芬对诗文的极高造诣，赢得了晋武帝的垂青，从此左芬便成为一位生活在深宫中的妃嫔。

得知妹妹被选入宫中为妃子，左思为之十分感伤，感怀伤情后，作了两首《悼离赠妹诗》以追述离别伤思。因入宫并非人们所想的锦衣玉食无忧无虑，而是"宫门深似海"，是一种要彻底斩断与世俗的羁绊下的太上无情，因此左思用"悼离"一词来抒示哀伤。左芬对于兄长的深情，写下一首《感离诗》来抒发自身的境遇，诉说对兄长和家人的深思与离别之情，全诗质朴无华，却充斥流露着满满的自然真情。

据传说在宫中的左芬并不是很得晋武帝宠爱，皇帝仅仅是将她作为花瓶供起来，以满足自己的收集癖好。左芬身体也并不是十分康健，但是其品德与才思深受宫人的欣赏与敬重，其对文章辞赋的掌控与驾驭能力，让所有人心折。宫中每有地方献上新奇特产与奇珍异宝，皇帝必然让她作赋称颂，因此其作品流传至今的多以宫廷应诏之作为旨。左芬拥有着大好才华，却只能像歌姬舞女一样成为皇帝点缀升平的金银琉璃饰品，成为一种显示风雅的摆设罢了。这些作品辞藻优美动人，将皇家的气势恢宏写得淋漓尽致，可谓是极大地彰显出中原帝国的物产富饶与地大物博。但是，尽管左芬的华章为历代之冠，这些作品却是缺乏灵魂的，她更被历代评论家所称道的仍要数诉说自身深宫别苦的感伤题材著作《离思赋》。左芬将其自身内心世界的孤独寂苦在赋中铺扬得淋漓尽致，其中最引人注目的乃是此赋的结尾点题："乱曰：骨肉至亲，化为他人，永长辞兮。惨怆愁悲，梦想魂归，见所思兮。惊寤号啕，心不自聊，泣涟洏兮，涕泪增零，诉斯诗兮。"她将宫廷生活的残酷与冷冽无情地揭示出来，如此至情之作，在历代宫廷中都不乏警醒与现实教育意义。钱钟书曾这样评价《离思赋》："宫怨诗赋多写待临望幸之怀，如司马相如《长门赋》、唐玄宗江妃《楼东赋》等，其尤著者。左菜不以侍至尊为荣，而以隔'至亲'为恨，可谓有志。"然而尽管

"有志"，左芬却也无力逃脱命运的囚笼，同时也正因为"有志"，方才使得自己愈加痛苦。

学富五车却潦倒的左思

魏晋时期是门阀士族崛起并发展繁荣的时期，数不尽的门阀经过数十年的积攒而崛起。然而崛起的门阀再多，对于全天下的读书人来说仍然是有限的。大批的寒门学子仍然报国无门，只有把满腔悲愤诉诸山林，为世上留下狂生儒士的回忆。

学富五车的左思就是这些潦倒的山林野士的代表。左思其貌不扬，但是他的姐姐却是晋武帝司马炎后宫中的妃子。按理说左思作为外戚的一员，应该坐享浮华生活，锦衣玉食肆意挥洒。但是由于其姐左芬不十分受到司马炎的宠爱，而仅是被当作宴饮作乐的戏子，为此左思纵然有着举世皆惊的才华，却也没有得到任何施展抱负的机会。纵然写出能让洛阳纸贵的《三都赋》，却也难在仕途上进步。晋升渠道体制的僵化，使得一大批像左思一样有才华的士人，对仕途充满失意。由此中国历史上最纸醉金迷也最落寞惆怅的南北朝就向魏晋迈出步伐。

司马炎围棋定策

晋武帝司马炎作为司马氏家族第三代的杰出人物，除了继承祖、父两代打下的偌大江山外，更有着远超常人的决策能力。

据《晋书·杜预传》记载：有一次司马炎召集杜预陈述吴国的军情，而司马炎同时在与张华围棋对弈，对于杜预的陈词丝毫不管不顾，只是埋头于棋局，而杜预仍不得不继续陈词。这在常人看来玩物丧志之举，却让张华看出了一些不同的端倪。

张华道："陛下如此胜券在握，看来对于伐吴已经胸有成竹，而且陛下一言所出，臣下无不影从，可谓尽得民心。而吴主孙皓整日荒淫，对贤才肆意杀戮，百姓军民已经离心离德。此时正是我晋国大军南下灭吴的好时机。"

听了张华的进谏，司马炎淡淡地下令，全军整装待发，南下伐吴。于是就发生了著名的"王浚楼船下益州，金陵王气黯然收"，三国归一的局面就此展开。

拓展：左芬《离思赋》

生蓬户之侧陋兮，不闲习于文符。不见图画之妙像兮，不闻先哲之典谟。既愚陋而寡识兮，谬忝厕于紫庐。非草苗之所处兮，恒怵惕以忧惧。怀思慕之切怛兮，兼始终之万虑。嗟隐忧之沈积兮，独郁结而靡诉。意惨愤而无聊兮，思缠绵以增慕。夜耿耿而不寐兮，魂憧憧而至曙。风骚骚而四起兮，霜皑皑而依庭。日晻暧而无光兮，气慄栗以洌清。怀愁戚之多感兮，患涕泪之自零。昔伯瑜之婉娈兮，每彩衣以娱亲。悼今日之乖隔兮，奄与家为参辰。岂相去之云远兮，曾不盈乎数寻。何宫禁之清切兮，欲瞻睹而莫因。仰行云以欷兮，涕流射而沾巾。惟屈原之哀感兮，嗟悲伤于离别。彼城阙之作诗兮，亦以日而喻月。况骨肉之相于兮，永缅邈而两绝。长含哀而抱戚兮，仰苍天而泣血。

乱曰：骨肉至亲，化为他人，永长辞兮。惨怆愁悲，梦想魂归，见所思兮。惊寤号啕，心不自聊，泣涟洏兮。援笔舒情，涕泪增零，诉斯诗兮。

第二章　三国红颜之才女篇

卫 铄
书法冠绝天下，才艺震烁古今

提到书圣王羲之，大家都耳熟能详，他可谓是承包了书法界的半壁江山，而王羲之的书法就是从卫铄处学习得来。作为王羲之的中表亲戚，卫夫人其正可谓是王羲之的启蒙老师。

人物卡片

姓名：卫铄

表字：茂漪

别称：卫夫人

籍贯：河东安邑

父亲：东晋廷尉卫展

丈夫：汝阴太守李矩

历史评价：与索靖俱善草书，人称"一台二妙"

代表作品：《笔阵图》《名姬帖》《卫氏和南帖》

卫铄，史称卫夫人，是魏晋时期著名的书法大师，亦是中国书法历史上最著名的女性书法家之一，她的名作《卫氏和南帖》《名姬帖》均为书法界难得的精品。其出生的年代已经处于是三国末期，当时司马氏一统天下已是大势所趋。出身河东世宦家族卫家的卫铄，自幼便有着很高的艺术天赋，初学即临帖于楷书名家钟繇，加之从小就受到家族长辈的熏陶与教诲，其书法水平进展可谓一日千里。河东卫家自从大将军卫青、皇后卫子夫时代开始，一直以经学、书法闻名于世。到了汉末时期，出了与梁鹄、韦诞齐名的书法大家卫觊，草书圣手卫瓘，迎娶了名满天下才女蔡文姬的卫仲道，著有《四体书势》的书法家卫恒……

卫铄小时候练字的刻苦程度少有人及，每次练字都持续数个时辰，写得乏了便在曲塘边的泊池中洗涮一下笔砚，至今在其家乡尚留有卫夫人洗墨池，她习字的刻苦由此便可见一斑。传说其曾在山中的石头、树皮上写字，适逢一场雨水将墨迹全都洗刷而下，雨水在地上汇流而下，当地人们看到此景，便有着了"山上下过墨汁雨"的传说。

卫铄晚年曾对王羲之进行书法启蒙，王羲之后来每到一处即留下一处洗墨池的传统，即是由卫铄处传承而来。而王羲之教导儿子王献之的时候，也会常常念及卫铄的教诲。她对王羲之的谆谆教诲，让王羲之毕生难忘。

其夫君李矩乃是一员忠于晋室的戎马将军，房玄龄评价其为"威怀足以容众，勇略足以制人"，是晋朝抵御北方民族进攻的守护神。相对于丈夫对华夏文明的守护，卫夫人更是一位华夏文明传播的火种。李家这个以勇武传家的江夏家族，却正因为如此一个女子的嫁入而发生翻天覆地的转变。卫夫人与李矩之子李充，李充的堂兄李式、李廞等都以书名传世，在唐朝江夏李氏甚至出现了李邕那样名满全国、流芳百世的书法大家。

传说卫夫人的书论《笔阵图》问世后，便呈送圣上御阅。皇帝看完后对其赞不绝口，便将一方难得的稀世珍宝玉石白菜赐给她。卫夫人在世时，对这方玉石爱不释手。在她逝世后，这方玉石白菜便作为卫夫人的殉葬品被其家人深埋于地下，永伴夫人长眠。如今，这件稀世国宝存览于中国台湾省故宫博物院供游人观览。

名将杀手卫瓘

河东卫家向来以诗书传家，然而到了三国末期却出了卫瓘这样一位斩尽三国名将的神人。直接死在卫瓘手中的就有蜀汉大将军姜维、魏国镇西将军钟会、灭蜀名将邓艾……

这些死于卫瓘手中的名将几乎囊括了三国后期魏蜀两国所有能人。那么卫瓘究竟是如何做到的呢？邓艾灭蜀之后，姜维率领蜀汉残部向钟会投降，并企图通过钟会来复兴蜀汉。而要想复兴蜀汉，最先需要解决的便是占据成都的魏将邓艾。于是钟会便命令作为钟会伐蜀大军的监军的卫瓘，率所部不过一千的兵马，去成都缉拿邓艾，并同时借邓艾之手除掉军中对其最有威胁的卫瓘。然而卫瓘成功地缉拿到邓艾，并将之带回军营之中。同时在钟会、姜维谋反之时，击杀了两位叛将。之后为防邓艾事后报复，便派遣与邓艾有仇恨的田续暗中刺杀掉邓艾父子。此番神操作下来，卫瓘一举成为西蜀地区最高长官，并在司马炎建立晋朝之后入主中央，成为一位权倾天下的权相。然而玩弄权术之人，最终也必然死于权术之手。卫瓘最终在一代奸后贾南风手中，落得满门抄斩的境遇。

王羲之竹扇题字

王羲之的书法广受赞誉，其《兰亭集序》更是被后世公认为

"天下第一行书"。因王羲之名望太盛，因此后世关于王羲之的闲趣轶事更是不胜枚举。

相传王羲之曾路过山阴县外的一座石桥，在这座桥旁有位可怜兮兮的老婆婆在卖六角形的竹扇，但是竹扇的生意很不好，路过之人甚多，但买扇子的却是少之又少。

焦急的婆婆惹得王羲之动了恻隐之心，于是王羲之便踱步到婆婆身边，拿起扇子对婆婆说："您这扇子上过于简陋，缺少山山水水的文人情趣，所以买的人不多，大多数人只是看个热闹，不若我帮您添上几笔，为扇子增添一丝闲情趣味，如何？"老婆婆并不识得王羲之，但从王羲之的言谈举止与衣着相貌看得出，其不是凡人，便毫不犹豫地将竹筐中的竹扇交给了王羲之。王羲之左手拿起扇子，右手提笔蘸墨，龙飞凤舞的在扇子上提上五个大字。婆婆没有知识学养，并不知道这五个字的价值，只是看到王羲之随手一画便将扇面沾满墨汁。王羲之对老婆婆说：您只要告诉买扇子的人，这字是王右军提的，保证您的扇子卖得出去。

王羲之走远了之后，老婆婆半信半疑地开始叫卖。集市附近的人们听到老婆婆的叫卖王羲之题字的扇子，便蜂拥而来，将扇子摊围得水泄不通。争相购买之下，老婆婆的扇子很快就被疯抢一空。

拓展：卫铄《笔阵图》

夫三端之妙，莫先乎用笔；六艺之奥，莫重乎银钩。昔秦丞相斯见周穆王书，七日兴叹，患其无骨；蔡尚书邕入鸿都观碣，十旬不返，嗟其出群。故知达其源者少，闇于理者多。近代以来，殊不师古，而缘情弃道，才记姓名，或学不该赡，闻见又寡，致使成功不就，虚费精神。自非通灵感物，不可与谈斯道矣！今删李斯《笔妙》，更加润色，总七条，并作其形容，列事如左，贻诸子孙，永为模范，庶将来君子，时复览焉。

笔要取崇山绝仞中兔毫，八九月收之，其笔头长一寸，管长五寸，锋齐腰强者。其砚取煎涸新石，润涩相兼，浮津耀墨者。其墨取庐山之松烟，代郡之鹿角胶，十年以上，强如石者为之。纸取东阳鱼卵，虚柔滑净者。凡学书字，先学执笔，若真书，去笔头二寸一分，若行草书，去笔头三寸一分，执之。下笔点画波撇屈曲，皆须尽一身之力而送之。初学先大书，不得从小。善鉴者不写，善写者不鉴。善笔力者多骨，不善笔力者多肉；多骨微肉者谓之"筋书"，多肉微骨者谓之"墨猪"；多力丰筋者圣，无力无筋者病。一一从其消息而用之。

一"横"如千里阵云，隐隐然其实有形。

"点"如高峰坠石，磕磕然实如崩也。

"撇"如陆断犀象。

"折"如百钧弩发。

"竖"如万岁枯藤。

"捺"如崩浪雷奔。

"横折钩"如劲弩筋节。

右七条笔阵出入斩斫图。执笔有七种。有心急而执笔缓者，有心缓而执笔急者。若执笔近而不能紧者，心手不齐，意后笔前者败；若执笔远而急，意前笔后者胜。又有六种用笔：结构圆奋如篆法，飘风洒落如章草，凶险可畏如八分，窈窕出入如飞白，耿介特立如鹤头，郁拔纵横如古隶。然心存委曲，每为一字，各象其形，斯造妙矣。

永和四年，上虞制记。

第二章　三国红颜之才女篇

黄月英
什么才是真正的美丽

都说"才子配佳人"，那作为天下智谋之士典范的诸葛亮之妻，究竟是如何的"艳冠群芳"呢？

人物卡片

姓名：黄月英

别名：黄婉贞、黄阿丑

籍贯：荆州沔南白水

父亲：黄承彦

丈夫：蜀汉丞相诸葛亮

代表贡献：诸葛亮从其传授的技巧上发明木牛流马

相传诸葛亮的妻子黄月英乃是河南名士黄承彦的爱女，其学问之高深、思维之敏捷世间少有，然而此女却生得奇丑无比难以见人，可谓是受尽上天的妒忌。可是黄月英是个丑女这话，却是她父亲黄承彦自己说的，而描述她的丑，也仅仅只是黄头发，黑皮肤，并不是传统意义上"面若桃李，肤白胜雪"的美女而已。说其"奇丑无比"，更多的可能仅是父亲黄承彦，想为爱女找一位不以色取人的有识之士做女婿的说辞而已。抑或者只是后世之人为了增添艺术效果，而人为地为诸葛丞相添上如此一笔"不以财色论贤淑"的典故罢了。

其实，我们从黄月英的家世背景也能看出，纵然其不是天生丽质，但也绝对是一位气质美女。黄月英的父亲是闻名遐迩的大儒，身边发小都是庞统、徐庶等三国名士。在这样的环境下成长的黄月英，又如何会是一位面目可憎之人呢？

而诸葛亮当时随叔父从琅邪客居荆州，作为一位漂泊客，则真的可以像其自己说的那样，是"躬耕于南阳"。举目无亲的诸葛亮，无依无靠地在荆州游荡，难以融入士人圈子，其纵然有惊世之才，也不一定能经人举荐，相逢一代明君。换一个角度来看，黄月英成为发现并发掘诸葛亮的伯乐，亲手将其带入荆州名流的圈子，成为一个"有名气"的"农夫"，并最终受人举荐，成为刘皇叔的座上宾，成就千古伟业。

诸葛亮心高气傲，常常自比管仲、乐毅，而其最自负的是什么？当然不是他"身高八尺，面如冠玉"的相貌，而是他"眉聚江山之秀，胸藏天地之机"的傲人才华。那么，黄月英的才华是否能配得上诸葛亮呢？她与诸葛亮是否为良配？

相传诸葛亮去黄府上门求亲之时，待字闺中的黄月英姑娘送给其一把羽扇，而这把羽扇正是后来诸葛亮时时带在身边之物。黄月英问诸葛亮道："孔明先生，可是否了解我赠你羽扇的用意？"诸葛亮思考了一下说道："大概是礼轻情义重吧？"月英又道："那先生可知还有第二个原因呢？"百思不得其解的诸葛亮忙问缘故。月英便说："孔明先生您有指点江山、谈吐寰宇的胸襟，然而当您谈到北方的曹操和江东的孙权之时，却是眉头深锁，忧愁内于心而形于外，我将此羽扇赠予您，正是用来让您遮面的。"聪明的黄月英第一次见到诸葛亮，即在其言谈中看出天资绝人的诸葛亮的不足之处。她告诉诸葛亮大丈夫做事要能静心沉气，不能情绪波动，做到喜怒不形于色，否则是成不了大事的。诸葛亮娶了黄月英之后，羽扇从不离身，无论是草船借箭、六出祁山，还是空城计、平南蛮，总能看到羽扇的身影，羽扇甚至成为诸葛亮的标志，伴随其走向人生之巅。

二人婚后的生活，可谓是琴瑟和鸣。在南宋名士范成大的《桂海虞衡志》有着这样一番记载："汝南人相传，诸葛亮居隆中时，友人毕至，有喜食米者，有喜食面者。顷之，饭、面俱备，客怪其速，潜往厨间窥之，见数木人春米，一木驴运磨如飞，孔明遂拜其妻，求传是术，后变其制为木牛流马。"这虽然是一曲动人传说，但是黄月英的技艺之高妙，却是永世流传，而随之流传更多的则是双人伉俪情深的爱情故事。只要我们相信爱情，故事的真假，又是否有那么重要呢？

诸葛亮的六出祁山

后人常用"六出祁山"来说诸葛亮之北伐艰辛。然而其实，诸葛亮一共进行过七次北伐，但这七次北伐之中，出祁山的仅有两次。相较于继承诸葛亮衣钵的姜维"九伐中原"来说，诸葛亮更有着与民休息观念。

这七次北伐分别是：

第一次：建兴六年（公元228年）春，蜀军进取雍、凉，诸葛亮亲率大军北出祁山，收复陇右的南安、天水和安定三郡，后来由于马谡失守街亭，蜀汉军队只得退守汉中，北伐失败。

第二次：建兴六年（公元228年）冬，蜀军出散关，斩杀魏将王双，粮尽而还汉中。

第三次：建兴七年（公元229年）春，蜀军攻取武都、阴平二郡，击败曹魏雍州刺史郭淮。

第四次：建兴八年（公元230年）秋，诸葛亮率军北上阻挡魏军进攻。此役魏军尽遣良将司马懿、张郃、曹真，然终被诸葛亮击退。

第五次：建兴八年（公元230年）冬，蜀将魏延、吴懿率军西入羌地，于阳溪之地大破魏军，击败魏将后将军费曜、雍州刺史郭淮。

第六次：建兴九年（公元231年）春，魏国名将曹真病重，由司马懿都督关中诸军。诸葛亮第二次北走祁山，魏蜀交锋，蜀将魏延大破魏军，魏将张郃在木门道被诸葛亮设伏射杀。蜀军纵然使用木牛流马，仍然因后方粮草补给不足而撤军。

第七次：建兴十二年（公元234年）春，诸葛亮率蜀汉大军出斜谷道，与魏将司马懿对峙于五丈原。其年八月，诸葛武侯病逝，蜀军退还。

诸葛亮的数次北伐，纵然让蜀汉的经济压力加大，但仍在客观上以攻代守，保障了蜀地内部的安全，使得蜀汉政权能后仅凭一州之地，与北方的曹魏颉颃数十年之久。

汉末的荆州名士

荆楚大地历来不缺乏文人骚客，自屈原的《楚辞》问世以来，文士骚客便史不绝书。在东汉末年的荆州名气最大的当属诸葛亮，一句"功盖三分国，名成八阵图"即将其经天纬地之才阐发得淋漓尽致。但当时的荆州士人中，有着傲视群英才干的却不止一个诸葛亮。

首先便是与"卧龙"诸葛亮齐名的"凤雏"庞统，庞士元的连环之计使得曹操饮恨赤壁矶下。后来刘备入蜀，庞统更是当计首功，可以说如果没有天妒英才，庞统在历史上的地位绝对还要上升好几个档次，而不是像看起来的有些"名不副实"。

其次是诸葛亮的老师"水镜先生"司马徽及其诸位好友：崔州平、石广元、孟公威和徐元直等人。崔州平是太尉崔烈的儿子，历史上赫赫有名的博陵崔氏的奠基者，剩下几位也都在曹魏官场留下赫赫威名。

再然后就是一些能力拔萃的士人，比如刘巴。刘巴在《三国演义》中声名不显，但其实他曾让诸葛亮自愧不如；阻挠刘备入川，刘备却还要去巴结他；曹操、孙权均对其争相看好。然而这样一位大才，却被演义埋没了，可惜可叹。

最后便是诸葛亮的岳父黄承彦和庞统的叔父庞德公，二人皆为荆州隐士，隐居结庐的二人追寻的是大道和逍遥，是一种看破红尘的超凡。可是没有入世又何谈出世？没有尝尽世间甘苦又何能逃离五行？二人才是真正地看破了世界变幻之辈。

将星坠地的三国人物

每个人都是天上的一颗星，在星光璀璨的三国时期，共有八次将星坠地被《三国演义》"捕捉"到。

分别是刘表谋士蒯良夜观天象，断定江东之虎孙坚惨死；多智而近妖的诸葛孔明看出荆州牧刘表长子刘琦、东吴大都督周公瑾、"凤雏"庞统、武圣关云长等人的逝世；刘备察觉到三弟张飞的将星坠地；另外则是诸葛亮的老对手司马懿，看到孔明与辽东太守公孙渊的将星陨落。以上就是《三国演义》中，被"捕捉"到的八次将星坠地事件。

第三章　三国红颜之烈女篇

　　温、良、恭、俭、让，一直是古代儒家人恪守的行为准则，而这种准则不仅被儒士们所继承与弘扬，也被三国时期的女子们奉为生命中的玉圭金臬而时时遵守。

　　但正如儒士们会出现狂放不羁的豪侠一样，女子们也并非千篇一律的俯首低眉，总要有一些叛逆的先行者，来为这个世界增添别样的风采。她们或是舞刀弄剑不让须眉，或是驰骋疆场保疆为民，或是叛逆宗族舍生取义……总之，她们的一生注定会是不平凡的，注定会是跌宕起伏而波澜壮阔。

孙尚香
枭姬白首，烈女无疆

"先主兵归白帝城，夫人闻难独捐生。至今江畔遗碑在，犹著千秋烈女名。"经典名著《三国演义》用这样一首哀婉之诗，道尽孙尚香传奇而凄婉的一生。

人物卡片

姓名：孙尚香

别名：孙仁、枭姬

籍贯：吴郡富春县

父亲：吴武烈皇帝孙坚

丈夫：汉昭烈帝刘备

历史评价：步障明珠事渺茫，夫人归国翠帏凉。

　　　　　江东侍婢迎郎日，犹记刀光满洞房。

出生在江东望族孙家的孙尚香，自幼便与族中子弟一起习得弓马。孙氏多武将，前有江东猛虎孙坚，后有小霸王孙策。都说虎父无犬子，孙尚香这位猛虎之女，继承并发扬了孙家的家风，江东士人谓之"才捷刚猛"。相传，孙尚香身边有着百余名婢女，这些侍婢全都弓马娴熟，刀剑从不离身，乃是巾帼不让须眉的女中豪杰，甚至连一代枭雄刘备，都对这些以刀剑为家的女子，望而却步。孙尚香在民间也甚有威望，巴蜀及荆襄之地的百姓，都尊称孙尚香为"枭姬娘娘"，以表达对孙尚香的崇敬之情。

　　然而生在帝王家的孙尚香，必然是要用自己的幸福来为一生荣华买单。她被兄长孙权和东吴都督周瑜作为手段，来捆绑枭雄刘备。周瑜的"美人计"是这样计划的：让东吴以将小公主孙尚香嫁给刘备为由，诓骗刘备前来东吴，并对其实施软禁，已达到吞并其部曲的目的。但在实际执行中，因为诸葛亮的介入，使得常山赵子龙陪同刘备入吴，并率先拜访周瑜岳父乔国老与孙权母亲吴国太，使得不明真相的二老，真的将桀骜不驯的小公主尚香嫁给了刘备。当这一瞒天过海之计被孙权、周瑜识破之时，却为时已晚，此时的孙尚香已经和刘备返回荆州，脱离了孙氏控制。懊恼不已的周瑜被人肆意嘲笑："周郎妙计安天下，赔了夫人又折兵。"《三国演义》中甚至编排了一出"三气周公瑾"的桥段，来表现这场政治婚姻中，吴国的失策与偷鸡不成蚀把米。

　　出身良好的孙尚香有着公主似的小刁蛮，总是桀骜不驯，这让夫君刘备又爱又恨。即便是刘备这等乱世中一等一的人物，每次进入内宅之时，内心也难免不感到畏惧。但其实刘备在这又爱又恨的背面，却是更畏惧"变生肘腋"，担心在前方战事吃紧的情况下，在大本营这个大后方发生动荡。

　　刘备不信任这位政治联姻下的"悍妇"，孙尚香同样不信任这位比自己大数十岁的夫君。相传孙夫人因猜忌刘备，所以自己筑城于荆州外，不与刘备同寝同住，与刘备间也并未有子女诞生。史书记载，在建安十六年（公元 211 年），刘备入蜀之后，孙权更是派遣大船迎接妹妹尚香返回东吴。孙夫人本打算将刘备幼子刘禅一并带走，却被赵云和张飞在江上阻截，并把刘禅带回西蜀。就在三年后的建安十九年（公元214年）刘备平定益州，正式改娶蜀人吴懿之妹为正室夫人，孙尚香此后事迹，即缺乏史料明确记载。

但《三国演义》有着明确的"拥刘贬曹"倾向，故而为这桩纯粹的政治联姻，赋予了浓郁的浪漫主义色彩。在书中，尚香钦慕刘备，并对玄德公十分顺从，是一位贤妻良母。夷陵之战后，刘备病逝于白帝城之时，孙尚香悲痛欲绝，望着西方痛哭，最终投江而死。

曹、孙更是双姻亲

孙尚香和刘备的政治结合，促成了孙、刘两大集团的战略联合，使得双方成功地用蜜月期的浓情惬意，度过赤壁之战这一最艰难时期。然而，孙尚香和刘备进行联姻，并不是江东孙氏家族唯一的政治姻亲举措，对于江东孙家而言，还有另一个亲家——曹操，而且这种"亲家"关系还是双向的，其与刘备、孙尚香这种单向联姻相比，更具有捆绑性质。

早在建安三年（公元198年），曹操即和孙策结成亲家。当时孙策以秋风扫落叶之势，迅速平定江东，让不少势力为之惊诧。为了拉拢这一新兴势力，曹操便决定采取古老而有效的策略——联姻。他把自己弟弟的女儿嫁给孙策的弟弟孙匡，又为自己的儿子曹彰迎娶了孙策堂兄孙贲的女儿，可谓是将联姻做到了极致。

但是这些完全是为了政治利益的婚事，丝毫没有为孙、曹剑拔弩张的态势带来缓解，双方打起来丝毫不含糊，仍是将对方看作是毕生的死敌。甚至在后来，孙匡和曹氏所生的儿子孙泰，就是在吴国进攻魏国的战争中，被魏军射杀而死的。

吴国太的考量

作为《三国演义》中虚构出来的人物，吴国太的戏份还是不少的。演义中给她的角色定位是江东猛虎孙坚的继室、其原配夫人吴夫人的妹妹。作为继室的吴国太为孙坚生了一子一女，分别是孙朗与孙尚香。因为孙朗是庶出，所以在孙策、孙权等嫡出当政的东吴，并没有任何继承王位的可能性，甚至还会有所忌惮。如果和亲成功，荆州的孙尚香和刘备即可以为吴国太外援，成为其一项政治资本，起码也是一处退避之处。

毕竟汉末时期，各个门阀世家对于政治都是采取分散投资的策略，从未把鸡蛋放在同一个篮子，诸葛瑾、诸葛亮、诸葛均三兄弟分仕吴、蜀即是当时世家的真实写照。

如此一来，吴国太其将孙尚香许配给刘备，是否有着其自身更多的考量，由于史料及文学材料的限制，我们便不得而知了。

山越为何难以根除

很多史学家及史学爱好者将山越看作是东南地区百越部族的另一种称呼，甚至认为其有着统一的指挥与政权，是东吴政权在后方最大的敌人。

但最近有另一种说法，很好地解释了为何山越始终与东吴政权相抗争，并不能被消灭掉。那就是否认山越的民族性，而将其看作是吴地方言对"山贼"的称呼。这个理论很好地解释了，为何山越互不相统属，却又根除不绝的原因。因为东吴世族把持着朝中的政权，所以对于寒族士人反而产生抗拒心理。使得很多底层民众，对东吴政权产生抵抗情绪。再加上赋役沉重，百姓很难负担得起繁重的徭役。因此，据山为王的山贼势力雨后春笋般崛起。这些势力以反对东吴的赋役为主，所以在西晋大军占据吴地之后，山越势力便很快被瓦解掉了。

　　这种观点理论，就其内部具体而言，有着很多致命的不足。但是作为一种新的发现视角，其能为我们提供很多对于历史问题的不同看法来源。为我们看待事物与世界，提供更宏观与多元的态度，有助于我们跳出历史框架，从更高的角度来着眼整个世界的历史变迁。

王　异

沙场智将，为国为民

根据《三国志》记载，王异是天水人赵昂的妻子，是三国时期名副其实的狠人。不过，和那些巾帼英雄的霸气人生不同，王异之所以走上这条"威武"之路，原因却是颇为坎坷崎岖的。原来，王异的夫君赵昂仅仅是边陲之地的一方小吏，可此君却有着浓郁的忧国忧民情怀，于是在汉末三国这个乱世，抱着一腔为国为民的热忱，去外地任职报效家国，而将妻子王异和子女留守在祖籍天水郡西城。

人物卡片

姓名：王异

籍贯：天水郡西城

丈夫：益州刺史赵昂

子女：赵英、赵月

历史评价：婉娈淑女，与士并列。至柔动刚，彤管炜节。

代表事件：奇策九条破马超

虽是两地分居，但鸿信之间的情意绵绵，却让二人的关系十分融洽。可好景不长，就在此时，天水郡发生梁双之乱。梁双率兵攻破西城，王异的两个儿子均不幸遇害于乱军的刀戮之下。见爱子被杀的王异万念俱灰，于是拿出刀便准备自刎而死。然而就在举刀之际，忽见蹒跚的小女儿，正泪眼婆娑地望着自己。面对此情此景，王异不禁悲从中来，摸着女儿的小脸叹息自语："我若也离你而去，又有谁可以照顾你呢？"

为了逃避梁双的奸污，王异每天起床必先要在一片臭气熏天的水沟旁洗漱，然后披上一件经牛粪、马尿特别浸制的麻衣。这样的日子过久了，在如此恶劣的环境下，自然将王异傲人的容颜熬成一副蓬垢瘦弱的"理想"模样。如此这般浑身散发着恶臭的瘦弱女子，自然是不会让梁双为之留恋。经过赵昂一年来的不懈调解，梁双终于和州郡官员和解，降下叛旗，重新成为大汉朝的边关将领，在觥筹交错间，大家似乎又成了"欢快"的一家人。

战乱平息，城中的王异自然能够恢复往日的身份，从军中俘虏，重新成为功臣夫人。为了早日见到阔别已久的爱妻幼女，赵昂骑着快马入城相会。可是，当车队将要到赵昂新居官舍之时，王异叫来侍从，让其带着小女儿先去见孩子父亲，自己要拿出脂粉，一补妆容。

支开了侍从与女儿的王异，拿出的却并非脂粉，而是鸩酒。看着车窗外渐行渐远的女儿，王异一声长叹，看着将回到父亲身边的小女儿，也就能够放下心来，从而慨然以死殉节，并下去陪伴两个逝世的孩子。或许是上苍眷顾，又或许是王异命不该如此断绝。思妻心切的赵昂早已立于门前等候多时，却未尝得见爱妻，只遥见侍从拉着女儿姗姗前行。发现爱妻不在的赵昂心道不妙，急忙向车子奔去。最终，以明死志的王异被丈夫强行从鬼门关拉了回来。

坚贞的王异，使得夫君赵昂对其更加疼爱，夫妇二人琴瑟相调好不快活。后来，赵昂因功升迁为军事重镇冀城的太守。当然，为避免再次重蹈之前的覆辙，以及夫妻双方两地分居之苦，此次王异随夫君一起徙居冀城。到了冀城的王异，成为丈夫的左膀右臂，随丈夫慰劳戍卒疾苦，将身上的珠玉全都用来劳军。

作为军事重镇的冀城，虽地处西凉，但仍是兵家必争之地。王异夫妇并未过上多久温存日子，便遇到西凉马孟起提兵来犯。作为曾令曹操都极其头疼的人物，又岂是区区赵昂所能应对得了的？

王异为替夫君分忧，便提起七尺长剑全副武装，径直走上城墙。王异身为一介女流，亲临前线，使全城守备将士都深受鼓舞，竟硬生生地阻挡住马超凶悍的进攻。王异辅弼丈夫赵昂，出奇计九条来抵御马超。

后来刺史韦康因畏惧而开城率部向马超投降，但忠于汉室的赵昂并不想就此沦落为逆贼，因此和王异时时谋划逐走马超，重归大汉版图。但是占领天水全郡的马超，一开始并不信任赵昂等降将。王异为了成全丈夫的忠义，便努力去马超妻子杨氏处走"夫人路线"，并将小儿子赵月派到马超帐下为人质。

在赵昂与杨阜等准备起事之前，赵昂曾向王异表达心中对儿子赵月的忧虑。王异听罢便狠狠责骂赵昂："忠义才是立身之本，此时正是我们要雪君父之耻的时候，纵然是牺牲自己也不足为重，何况仅仅一个儿子？"赵昂方才下定纵然失去爱子，也要逐走马超的决心，并与众人一起成功赶走马超。可惜的是赵月最后仍被马超所杀，这实乃王异生命中最大的不幸。

不孝无勇的"锦马超"

作为《三国演义》中蜀汉"五虎上将"之一，马超一直是以忠勇无双的形象示人，似乎是一位因为国仇家恨而与曹操不共戴天的义士。然而考察史册，《三国演义》中"锦马超"一系列的光环似乎都是莫大的讽刺。

《三国演义》中世居西凉的马超第一次出场即是在潼关大展拳脚，将曹操杀得丢盔弃甲、割须断袍。然而《三国志·蜀书·关张马黄赵传》中对于马超的描写却并非如此：到了潼关的曹操，仅率许褚便与马超、韩遂在阵前会晤。马超自认武力绝伦想要不顾道义，直接擒贼擒王生擒曹操，不过被许褚瞪了一眼，便打消了这个念头，连尝试都未敢尝试。而在《三国志·魏书·张既传》中，当年在马腾、韩遂争雄的时候，马超甚至差点被韩遂麾下阎行擒杀，而要知道阎行在《三国演义》中甚至根本难以登场。由此可见，似乎马超的武力也不过了了。

《三国演义》说到马超是为了替父报仇，方才与韩遂联合起兵抗曹，其赤诚之心为人称道。然而《三国志》中，马超忠义的人设便轰然崩塌。当时曹操势大，马腾入京为官，马氏全族皆入京为质子，仅留马超在西凉统兵。然而，留在西凉的马超却以一个子虚乌有的理由起兵，坑害了在京的全族数百口人性命，甚至还对将儿子遣入京为质的韩遂说出"今超弃父，以将军为父，将军亦当弃子，以超为子"这等有违人伦的话来。

韩遂麾下八部将

作为《三国演义》中马腾好兄弟的韩遂，也并非是易与之辈。在韩遂的麾下有着八位将军，虽然与名垂青史的上将军们有所差距，但也不至于是谁都能对付的。

马超、韩遂起兵抗曹之际，因曹操实施反间计，而导致马超与韩遂决裂。梁兴、马玩、侯选、程银、杨秋五人围攻马超反倒不敌，被马超阵斩二将而后安然撤离；李堪、成宜二人死于曹军于禁、夏侯渊之手，张横更是直接亡命于乱军之中。

这八位将军在历史上，其实是与马腾、韩遂一并在凉州作乱的八支势力强盛的军阀，而并不是韩遂的部将。他们八位在史书中也是有着响当当的名号的，只不过是因为《三国演义》的缘故，显得很是不堪罢了。

潼关之战

潼关一战，曹操被马超打得溃不成军割须弃袍。而这场在关中潼关、渭南之地发生的战役，也成为曹操继赤壁之战后，最为惨烈的败仗。

潼关一带地形闭塞，南面为险峻的秦岭，东面则是黄河形成的天险，西面为陇山和六盘山，北面则是子午岭，可谓是三面环山一面背水，是兵家所谓的大争之方和大凶之地。

从建安十六年（公元211年）曹操三月下令从长安出兵开始，

直至九月击溃韩遂、马超主力，战役主体阶段一共持续了半年时间。而等到夏侯渊平定韩遂、马超余部叛乱，时间则要再往后推迟一年有余。这场战役中，曹军先败后胜，充分运用以逸待劳的阳谋与连环计的阴谋，使得凉州之乱得以顺利平定，为曹军南下汉中做好最充分的准备。

曹 节
忠贞节义，卜辞天合

"天不祚尔"此语一出，想必震惊四座。谁能如此大义凛然地谴责一个即将新兴的政权，是什么样的勇气让她不计后果口出如此狂言，出此言的人竟还是一位女子，她的魄力让人瞬间肃然起敬。她便是汉献帝刘协的第二任皇后，也是汉朝的最后一位皇后——曹节。

人物卡片

姓名：曹节

称号：曹皇后

籍贯：沛国谯县

父亲：曹操

丈夫：汉献帝刘协

历史评价：曹后之贤，殆将与伏后、董妃并列为三云。

东汉末年，大汉政权已然名存实亡，曹操成为实际的政治掌舵人，实力不济的汉献帝无奈只能充当傀儡一般的人物。曹操为更好地控制汉献帝，遂将自己的三个女儿曹节、曹宪、曹华同时嫁给汉献帝刘协，借此形成自己的外戚势力，防止大权旁落。此时曹操控制朝政，到处都是党羽，稍有不和谐因素，也很快被曹操解决。伏皇后惮于曹操的权势，谋诛曹操，事泄不仅被废后，更被幽闭而死，而汉献帝自顾不暇，更无力因为自己的皇后去跟曹操抗衡。面对伏皇后的求助，刘协也只能暗自神伤。伏皇后死后，曹节便被继立为后。

作为一代枭雄曹操之女，其风范可谓可赞可叹。依靠父亲强悍的实力，更有两姐妹的加持，宫斗可谓是不可能上演的。虽然曹操嫁女更多考虑的是政治因素，但奈何女嫁从夫，嫁给刘协的曹节显然已经跟丈夫刘协一条心，俨然捍卫的是大汉政权。

曹操在世时纵使其权倾朝野，也未曾取而代之，以大汉名义征讨四方，统一北方，名义上是巩卫汉室，实则为曹魏政权的建立做了充足的准备。曹操死后，颇有野心的曹丕并不满足承袭父亲的魏王位，但篡位这个名声毕竟背负太多。曹丕虽不敢轻易尝试，但小动作却不少。既然不方便自己出面，便派遣华歆去逼汉献帝让位。而如此欺凌之势，身为刘协皇后的曹节，怎么能放纵哥哥如此行事，便怒斥华歆。曹节强势护夫，口气如此之硬是有原因的，首先身为大汉皇后，势必要捍卫大汉政权，其忠贞之心可鉴；其次，口气硬源自底气足，毕竟曹节是曹丕的妹妹，纵然曹丕大权在握，志在称帝，但又怎能不念手足之情。面对曹皇后的如此捍卫，华歆也只能识趣地离开。

但曹丕又怎会因为妹妹的反对就放弃称帝呢，第二次直接以武力相逼，让汉献帝交出玺印。曹皇后再有卫国之心，毕竟一介女流，凭一己之力显然无法阻挡曹丕称帝的大势。但她并没有就此屈从，在无奈之际，仍控诉道"天不祚尔！"其护夫护汉之心可谓溢于言表，国之将倒，国君亦不敢有所反抗，作为皇后却一片忠贞。此时的曹节显然已经不仅是曹丕的妹妹，更是一个王朝最后的捍卫者。

曹丕称帝，对曹节而言，虽然损失的是皇后之名，但毕竟家族得势，对她的益处也是颇多的。但曹节却一再反对曹丕代汉，甚至掷玺来表达自己的不满与愤慨，她的哀伤之情，堪比丧国之痛。此时，曹节的国家情节显然远远高于个人家族利益，气节和国家大义淋漓尽致地展现在这样一个小女子身上。

对于曹皇后掷玺，其中亦有颇为深思的问题，此处的"玺"是皇帝的印玺还是皇后的？倘若是皇帝的，为什么没有提及刘协，几次催逼讨要时出现的是曹皇后？这引起了后人的诸多猜测。甚至有人认为可能只是记载错误，持这种观点的便是司马光，司马光作为著名的史学家，在他的著作《资治通鉴考异》中便阐述了自己的观点，认为是与王莽新朝之时，元帝皇后王政君掷玺事件相混淆，为史籍记载的失误。这样的观点显然说服力是很弱的，单不说曹氏家族在当时的势力，如果帝后之事都能弄混，那范晔的心得有多大？之所以存在争议，可能更多的是从普遍性的视角去看，但关注一般性难免忽视了事件的特殊性。就算是汉献帝的印玺，曹皇后显然也是有话语权的，作为皇帝的刘协无力反抗曹氏父子，为求生存，虽然没有刻意迎合但一般都会言听计从。相对于刘协的畏惧而言，曹皇后面对自己的哥哥自然无所忌惮，面对哥哥夺自己夫君的权，自然不会坐视不管，怎奈无法扭转大局，只得掷玺，一般人谁又敢如此，这样做的后果无异于以卵击石，自取灭亡。虽然曹丕为了名正言顺，大搞禅让，甚至上演汉献帝刘协多次请求让位于曹丕，曹丕难抗圣命，故而代汉的戏码，显然这只是曹丕的政治手段，并不代表刘协会自愿交出印玺。

倘若当时曹丕索求的是皇后的印玺，而最后曹皇后掷的也只是自己的后印，显然也是不符合常理的。如果曹节贪恋名位，自己的哥哥继位后，家族得势名利未必会比单纯做傀儡皇帝的皇后要少。并且身为曹操之女，名利自然不在话下。倘若只是为了区区一己之私，就该积极配合哥哥，又怎会背着忤逆的罪名让她对自己的哥哥发出了"天不祚尔"如此掷地有声的谴责。曹丕作为曹节的亲哥哥，为了一枚后印，甚至不惜武力逼迫妹妹，这样的做法实在为人所不齿。

曹丕篡汉建魏，无论是念及手足之情而保全妹妹的丈夫，还是彰显政权合法性感念刘协禅位之恩，不仅没有杀刘协，还将刘协封为山阳公，一万户为食邑，曹节也改称为山阳公夫人。对刘协可谓给予了极大的特权，其范围之内奉汉朝正朔，用天子的礼仪进行郊祭，上书言事不称臣。刘协作为末代亡国君主，能获得如此特殊待遇，与曹节的身份有着莫大的关系。

曹节不仅因其忠贞大义名垂青史，更因其品行而为后世所称颂。跟随刘协到达山阳县后，体恤民情，悬壶济世，扶危济困，办学兴教等，传为佳话美谈。景元元年，当时作为山阳公夫人的曹节病逝，谥号献穆皇后，按照汉朝皇后的礼仪下葬，和汉献帝合葬于禅陵。能够享受如此殊荣，可见曹节的影响力及地位在当时以及曹氏家族中非同寻常。

三国创始人的基层工作经验

魏、蜀、吴三政权的创始人都曾在东汉朝中当过"县级干部"。奸雄曹操曾当过洛阳北部尉和顿丘县令，并在执任洛阳期间棒杀违法的宦官蹇硕的叔叔；刘备也任职过安喜县尉、高唐县尉、高唐县令，在《三国演义》中发生了"张飞怒鞭督邮"事件；孙坚更是在县丞一任上辗转腾挪了十余年时光，这期间招聚少年豪侠，韩当等人皆是此时聚集在其麾下的。

可见，如果没有足够的底层管理岗位经验，这些枭雄则很难在东汉末年这个乱世中崛起。想要一飞冲天是没有错的，但是如果没有足够的积累，一飞冲天后，只会摔得更惨。底层岗位除了积累人脉之外，更加磨炼的是一个人的意志。就如"治大国若烹小鲜"一样，若能将一县之地治理的井井有条，即有着很大的能力掌控一国。

东汉皇后大梳理

东汉自光武帝刘秀建立以来，共有八世十四位皇帝。并非是每一朝皆设立皇后，算上后世追封，共计有二十一位皇后。然而皇帝的兴废尚且由世家外戚与宦官所操控与左右，皇后的地位更是可想而知，很多都是政治上相互妥协与斗争的产物。

光武帝刘秀共有郭圣通与阴丽华两位皇后；其后明帝刘庄一朝仅有马氏一位皇后；汉章帝时期，共先后有窦皇后、梁皇后、宋皇后三位后宫之主；汉和帝刘肇有着孝和阴皇后及和熹皇后邓氏两位皇后；汉安帝刘祜追封其母左氏为孝德皇后，而终安帝一朝，共设立安思皇后阎氏与恭愍皇后李氏两位皇后；汉安帝刘祜之子汉顺帝刘保一朝，立大将军梁商之女梁妠为后；汉桓帝朝先后立梁氏、邓氏、窦氏三位皇后；汉灵帝刘宏一朝也是先后设立了三位皇后，分别是宋皇后、何皇后与王皇后；少帝刘辩则是立唐姬为后；献帝刘协的皇后则先后为伏皇后与曹节曹皇后。

终东汉一朝一百九十五年，期间几度兴盛又几度衰颓。历史的变幻，总是给人以无尽的伤感与迷惘。翻阅历史年表，想来也许是能最快地带你回顾历史、展望今朝的方式。它带你在历史长河中疾速穿行，掌控住历史脉络与追溯过往，并带你成功驶向未来的彼岸。

汉末皇室都吃什么

说到吃，中国人可以说个个都是行家，八大菜系张嘴就来，甚至就连清朝宫廷的满汉全席，也能说出个十几样。然而，说到三国时期人们的饮食，还能张嘴就说，可能就不是那么容易了。

说到汉末三国皇室都吃什么，不如说汉末三国皇室都能吃到什么。

汉朝时期，人们从主食上，就与今天不太一样。当时人们吃饭的主食一般以麦饭为主，它是贫苦人家不可或缺的主食。这种食物以麦子为主要食材，将麦子蒸成饭食填饱肚子。麦饭味道相对较为劣质，植物纤维很充足，咀嚼起来比较干涩与粗糙，不为皇室及贵族所喜爱，但却是清贫官员满足日常的不二之选。皇室所食与其不同，多以粟——小米为主，而南方贵族则多以稻米为主食，但其口感与今日相比，相去甚远。

主食上除了蒸食之外，随着发酵技术在汉末的成型，将蒸食与发酵相结合，便成为吃货们的福音。在这种"技术革命"的孕育下，蒸饼诞生了。这种类似于今日"发面馒头"的主食，在当日甚至引领过时代潮流，是贵族与皇室争相以吃过来炫耀的菜品。

韭菜、跳丸炙及武昌鱼，则是当时贵族及皇室们象征身份的不二之选。尤其是凛冽的冬日，就着荆州贡品武昌鱼，再吃上一碗加了韭菜的跳丸炙，简直是奢侈到无以复加地步的做法。

关银屏
关公虎女，非比寻常

"虎女焉能嫁犬子"正是关羽这句拒婚誓词，让一个被正史所忽略的巾帼女郎重新出现在人们的视线当中，身为"武圣"关羽的"虎女"，又是怎样的英勇神武呢？

人物卡片

姓名：关银屏

别称：关三小姐、关凤

籍贯：河东郡解县

父亲：蜀汉五虎上将之首关羽

兄弟：关兴、关平

丈夫：安汉将军李恢之子李遗

历史评价：虎父无犬女

虎女出生

正史中对关羽之女的记载很模糊，不仅没有任何事迹记载，甚至没有提及名字以及在关羽儿女中具体的排次。目前所能确定的是关羽确实有女儿，而得此结论的依据便是关羽那句："虎女焉能嫁犬子"，至今我们也只能从传说中去窥探关羽的这位"虎女"。

传闻中虎女的名字，是由张飞起的。虎女初生之时，生的十分惹人疼爱，作为三叔的张飞都忍不住将要作为传家宝的夜明珠送给小虎女，并给小虎女起名关银屏，民间亦有"关凤""关玉贞"之名一说。关银屏据传在关羽的子女中排行老三，所以，人们更多的将其称之为"关三小姐""关氏三姐"。说起关银屏出生即获得的宝物夜明珠，此颗夜明珠是张飞在吕布被擒之时，从吕布的紫金冠上夺取的，有鸡蛋大，而且有奇效。传说中，关银屏曾用它战时照明和解士兵所中之毒，可谓集多功能于一体的宝物。

作为"武圣"关羽的爱女，天赋异禀，关羽对女儿的教育可谓是德智体美全面发展，不仅聘请老师教她读书，还亲自教习武艺。关银屏作为虎女，果不负众望，越发出落得亭亭玉立，文武双全。仰慕之人不胜枚举，说亲者更是络绎不绝，其中包括东吴的孙权。孙权为子求亲，当然不仅是因为关银屏个人的德才，其更多地考虑可能是孙关的联姻所能带来的政治利益。

拒孙联姻

建安二十三年，此时的关羽据守荆州，正值事业巅峰，而自己的女儿关银屏也是出落得出类拔萃，因此便成为诸多名门争相求亲的对象。为了巩固孙、关的关系，孙权便派遣诸葛瑾去求婚，但显然是没有成功。《三国志·蜀书·关羽传》中就曾记载："权遣使为子索羽女，羽骂辱其使，不许婚，权大怒。"除了史籍记载，后来发生的历史亦可佐证孙关联姻失败。襄樊之战中，关羽水淹七军，曹操于是密信求援孙权。孙权派吕蒙偷袭荆州三郡，荆州陷落，致使关羽败走麦城，家室尽亡。而关银屏也恰因为去成都拜访刘备、张飞，而免于一难。

倘若孙关联姻，势必会使吴蜀的关系更加紧密，又怎会偷袭荆州，使关羽家破人亡。孙权不会不懂唇亡齿寒，也不会轻易打破于建安十三年就建立的孙刘联盟。但孙权最后做出联合曹操抗蜀的决定，除了趁机夺取荆州，其中不乏对关羽拒绝联姻的不满与报复。

按理说孙权作为吴国国主，关羽将女儿嫁给孙权的儿子也算门当户对，更何况当时政治联姻大行其道。至于关羽为何为女儿拒绝了这门亲事，可能有以下原因：首先，关羽当时对女儿的婚事已经有了打算，至于是谁，起码可以排除吴国公子。考虑到刘备、关羽、张飞的关系，以及后来张飞的两个女儿都嫁给了刘禅，可见三人之间也是很有默契的，关于儿女亲事，想要亲上加亲，此处亦不可排除关羽也是想将自己的女儿嫁给后主刘禅。除此之外，亦有可能关羽认为嫁女到东吴，无异于人质，实在为父所不忍，所以怒拒了东吴的联姻请求。

拜师赵云

荆州之战后，关银屏痛失家人，背负着家仇国恨的关银屏开始真正成长起来。对于关银屏小小年纪便承受如此大的变故，作为叔叔的刘备和张飞不免心疼。刘备、张飞竭尽全力想帮着关银屏缓解痛苦，但对于刘备、张飞提供的山珍海味、锦衣玉食，她无心装扮、无心享受。这些优渥的物质似乎丝毫没有动摇银屏心中的国恨家仇，她用粗布裋裙、粗茶淡饭度日，立志报仇。刘备、张飞看到从小看着长大的关银屏现在这样，心疼不已，多次劝解，让她放下心中的负担，好好生活，但关银屏却铁了心要报仇雪恨。刘备、张飞看着劝解无果，物质也没办法抵消关银屏心中的抱负，于是转变策略，开始积极地支持关银屏。

首先便为关银屏请来了武艺高强的虎威将军赵云。赵云作为师父，对于关银屏的教习可谓异常用心，不仅是因为关银屏是自己女婿的妹妹，更多的是因为被关银屏满腹报仇雪恨的壮志所感动。而关银屏学习也异常刻苦，丝毫没有懈怠，不惧严寒酷暑，总是披星戴月，废寝忘食。通过这样高强度的训练，功夫不负有心人，关银屏终于练就了一身本领。

远嫁澄江

叔叔张飞于章武元年（公元 221 年）去世之后，刘备也于章武三年（公元 223 年）病逝，此时蜀国朝政正处于新旧交替，恰逢夷陵新败和黄元叛乱，蜀国大臣朱褒、雍闿、高定趁机联合南中豪强孟获起兵反蜀。南中地区可谓是蜀汉的半壁江山，对蜀汉政局意义重大，于是诸葛亮准备出兵南方，平定叛乱。

听闻诸葛亮将要南征，苦练本领且学有所成的关银屏此刻再也按捺不住内心的抱负，她向诸葛亮请求跟随到南中作战。毕竟是关羽的爱女，诸葛亮显然颇有顾虑。首先，诸葛亮知道南中自然条件恶劣，作战势必异常辛苦，男子之身尚不可承，更何况关银屏这样金屋长大的凤凰，恐怕更难以承受行军之苦，想要以此使关银屏退缩。可关银屏毕竟为关羽之后，血性颇有父亲的风范，她异常坚定的以为国效力、不惧险阻为由告诉诸葛亮她的势在必行。诸葛亮本不忍心关银屏冒险，一看艰苦吓唬不住关银屏，只能另寻他法。于是，诸葛亮接着劝说关银屏，此次是去南中平定叛乱，并非攻打东吴，并不能实现报家仇的凤愿。诸葛亮觉得这下应该可以使关银屏放弃跟随南征的想法，怎奈，还是被关银屏完美地挡回去了。此时的关银屏心中的国恨显然胜过家仇，此等识大局顾大体的女子可谓不辱虎女之名。关银屏将东吴与南中做了非常形象贴切的比喻，她将南中叛乱视为后院失火，东吴视为前厅盗贼，处理好后院问题才能更好护卫前厅。如此有见地的见解成功说服了诸葛亮，诸葛亮谅其报国心切，遂同意关银屏跟着南征。

针对南中少数民族居多的实际情况，诸葛亮认为除了武力平叛，更应该注意方式方法，尽量消除少数民族的反叛心理，才能真正达到巩固统治的目的。诸葛亮便想到了庲降都督李恢，其深谙南方地理人情，而且在自己统领的南中诸郡颇有政绩，因此特别请荐李恢一起南征，并委以重任，将中路军交给李恢带领。

同关银屏一同请求出征的还有李恢之子李遗，两人年龄相当，同怀赤子之心，而且诸葛亮本来就担心关银屏，这样为关银屏寻得护其周全之人亦是良策，这便使诸葛亮有了牵线做媒的冲动。赵云对此也颇为赞同，于是想法很快落实到行动。关银屏与李遗成亲之日，赵云更是将宝贝青釭剑送给关银屏当作礼物。

在平定南中的战斗中，关银屏更是全力辅助中路军，化解危难。中路军从建宁一路打到盘江，顺利攻下俞元（今云南澄江），为平定南中叛乱最终取得胜利做了巨大的贡献。关银屏和她的丈夫李遗被诸葛亮派回李恢的老家南中俞元教化百姓，巩固蜀汉的后方。建兴九年，李恢去世，李遗继承父亲爵位，继任建宁太守，关银屏始终协助丈夫工作。南中地区地处荒芜偏僻之地，自然条件恶劣，因交通不便，很多地方尚未开化，比较落后，但关银屏并未因此退缩，而是积极地融入当地人的生产生活中，将先进的耕种、纺织技术传授给当地居民，同时教化百姓。

在关银屏与李遗的努力下，南中地区取得了较好的发展，关银屏因此备受南中地区的百姓爱戴和尊敬，以至于在其死后，远近百姓皆为其披麻戴孝。关银屏的一生可谓秉承关羽遗风，胆识过人，才能出众，满腔报国热忱，实乃女子中的典范与楷模。

武圣关羽后裔

关云长败走麦城，与其子关平失手被吴将潘璋、马忠所擒，被俘身亡。关氏始祖乃是夏朝夏桀时代的名臣关龙逄，郡望在陇西，后一支迁徙至河东。关羽其祖父讳审，喜好研习《易》和《春秋》。关羽的父亲讳毅，有孝名。史书记载关羽有二子关平、关兴，关平随关羽被杀，关兴早亡。关羽亡故后，其后人大体分为两支：其一为关兴的庶子关彝，此支脉在蜀汉继承关羽的爵位，但当魏军攻灭蜀国时，此支遭到庞德之子庞会屠害重创，余部迁居信都，并出过唐朝宰相关播；另一支脉为关平后裔，当关羽、关平殒没之时，关平的妻子赵氏带着关平幼子关樾逃亡乡里，更名改姓逃得性命，后在晋国统一天下后，方才重新恢复关姓，此支后世消失于史书资料中。

关云长封神之战

在三国时期能够称得上是"威震华夏"的恐怕只有关二爷了，而使得二爷威震华夏的，正是这场"水淹七军"。相较当年诛颜良斩文丑之时，此时虎踞荆州的关羽更加有大将之风，凛凛威严让人心目为之所夺。

襄樊城下，关羽用水攻之计将魏国五子良将之首的于禁大军，围困于一隅之地。登高的于禁和庞德望着一片汪洋，只能徒呼奈何。这时，关将军命令蜀军乘舟作战，在汹涌的大水之中，向魏军齐发万箭。魏军将士或死或俘，在全军毫无士气的情况下，于禁被迫向关二爷投降，而庞德却死战不退顽强搏杀，终被擒住遂为所杀。

水淹七军这一经典战役，将关云长之名推向世界之巅。擒于禁，斩庞德，威震华夏，一场战役成就关云长封神天下的威名，此战即其扬名立万的封神之战！

过五关斩六将

关云长的战绩彪炳千秋，折于其手的名臣猛将不胜枚举，可谓是三岁小儿即耳熟能详。然而纵然是在如此众多辉煌的战绩中，这一次的"个人英雄主义"，仍是值得被大书特书的一场经典回目。

关云长在得知兄长刘备的下落之后，立即"挂印封金"，辞别对其礼遇甚厚的曹操，毅然决然地带着嫂嫂前去追寻刘备的足迹。曹操不想让如此猛将为竞争对手所得，这就使得关羽的这条"寻梦"之旅，前途阻碍重重。一路之上仿若《西游记》中师徒四人西天取经，种种磨难防不胜防，若非云长心中志向坚定，必将陷入万劫不复的境地。

关公途径东岭关、洛阳城、汜水关、荥阳城、黄河渡口，一路重重险关要地，阵斩曹军孔秀、韩福、孟坦、卞喜、王植、秦琪六位将军。"过五关斩六将"之名即来源于此。

"过五关斩六将"虽为《三国演义》及三国类话本的编纂情节，

但其却是在剖析关羽性格、能力之后，采用现实成像的手法，将关羽的经历进行复刻与加工。于是方才产生如此惊心动魄，而又荡气回肠的经典情节，更加深刻与多元地阐释了关羽义薄云天、侠肝义胆的忠勇与威严，使后人对其产生无限敬仰。

祝融夫人
南蛮巾帼，异域佳人

诸葛亮七擒孟获，使得南蛮归附数十年，成为人们口中长盛不衰的话题。其中除了诸葛亮手段高超、智谋无双之外，讨论最多的可能就是蛮军中的女将——祝融夫人。祝融夫人作为三国时期绝无仅有的征战沙场之女将，其一颦一笑皆牵扯着众多三国迷的神经。

人物卡片

姓名：祝融夫人

别称：刺美人

籍贯：南中郡

兄弟：带来洞主

丈夫：孟获

作为南蛮王孟获之妻，祝融夫人将自己的命运与南蛮一族的命运紧紧相连，用南蛮的前途与希望，指引自身的前进与发展。相传祝融夫人为上古三皇时期，火神祝融的后人。"祝融"一词，在古书中有着明确的解释：祝指男巫，融指光明。祝融，即为世间祈愿光明的男巫。随着时代的变化，祝融逐渐从男巫，转变为火正之职，位列夏官。到了五帝时期，祝融一职作为官名，逐渐被司马一职所替代，到了后世逐步演化为封建朝廷中央官制中的兵部尚书一职。然而，这仅仅是中原地区"祝融"的由来与演变。在我国南方楚地，祝融曾被看作是楚人三位始祖之一吴回的别称。祝融夫人的本家，想来应该即是楚国公族。

自三江城告破，蜀军挥师直下银坑山、梁都洞，逼得南蛮军队城下决战。此时祝融夫人一出场，即技惊四座，震慑住蜀军上下将校。夫人手持丈八长标，膂力惊人；胯下卷毛赤兔马，嘶风怒吼；背负五口飞刀，刀刀必中，百步穿杨。两军对垒，蜀军名将张嶷、马忠二将不敌祝融夫人，被蛮军所部擒拿。祝融夫人之勇略，由此即可见一斑。为赎回被擒的二位蜀将，诸葛亮便调遣赵云、魏延二将，施展诱敌深入之计策，方才擒得祝融夫人，并以此为条件，换得张嶷、马忠二将军。

蜀军总体实力的强劲与诸葛丞相宽厚长者之风，使得祝融夫人心生钦慕，更加听得诸葛丞相为蜀国军民之义举，不伤南疆百姓性命之恩泽，便升起劝降蛮王夫君孟获的念头。后来，待得蛮军七战七败，兵无战心，民无战意，便联合蛮军将领，共同劝服孟获降服。祝融夫人的举措，使得蜀国军士与南蛮之民数十年息止干戈，符合了两地人民共同的心愿。南蛮之地的真心归附，使蜀汉北伐中原、光复汉室成为可能。南蛮地域与蜀地不起刀兵，使双方百姓的民间交流得到更大程度的开放，促进双方政权与地域，在经济贸易层面的往来，与民族层面的交流与融合。

祝融夫人虽然仅为《三国演义》中虚构的人物，但是其存在具有明显的象征意义。其在更大程度上，是一种南方蛮族精神文化的集中体现。并在一定意义上彰显出南方蛮疆异域，及女性的独特历史地位与迥然风情，是女性群体在外域的崛起与中原女性解放的萌芽。

蜀地和印度的往来

蜀地虽然物产富饶，但因为地域过于狭小，所以蜀地政权很难以长时间与中原相抗衡。这个时候诸葛丞相南伐南蛮之地，即取得了高屋建瓴的全局视野。蜀地因为经济问题，所以在蜀汉时期急需拓展外在市场，以达到满足兵甲及粮秣的需求。那么这些物品的来源就在穿过南蛮地区的印度。

其实早在公元前四世纪的战国时期，蜀地即与南亚印度文明产生了密切的经贸往来。蜀地的丝织品会经过"蜀身毒道"运抵印度，并通过印度商人的传播，流向中亚地区。这条商路比张骞打通的西域道路，要早二三百年，同时也比北方丝绸之路更加畅通。但是这条商路在蜀汉时期，有一个问题亟须解决，即道路被南蛮阻断了。"蜀身毒道"的我国路段，从成都出发，主要有两条路线：即经雅安、西昌到大理的"西夷道"和经宜宾、昆明到大理的"南夷道"，而这两条路径皆需要经过当时被南蛮占据的今云南地区。为此，诸葛丞相征伐南蛮，并要想办法使其臣服，以帮助商道畅通运行。如此一来，经济吃紧之时，制定南下南中的战略，即得到有效而合理的解释。否则仅以稳定后方，很难解释得通为何蜀军要费如此波折，来达到这个目的。

秃龙洞的四口毒泉

南蛮之地，瘴疠横行，孟获即据险而守，不服王化。在被诸葛亮三擒三纵之后，孟获听从其弟孟优的建议，迁往朵思大王处抵抗蜀军的侵伐。朵思大王所在的秃龙洞，有着四口毒泉，使得蜀军士卒颇受苦难。这四口毒泉分别为：哑泉、柔泉、黑泉、灭泉，四口泉水毒性甚大，或饮或浴，非死即残。蜀军若非得到隐士孟节的指点，险将全军命丧于此。如若如此，则历史上对诸葛丞相的评价，岂非会有很大的变化？七擒七纵的美谈，将会成为不自量力的代称。

历史难以假设，故事亦非真实。但是想来这种因为马失前蹄，而"名留青史"的人物，绝对不在少数。如此想来，对于驻守街亭的马谡和纸上谈兵的赵括等历史上的失败人物，我们是否应该辩证地来看待呢？这些历史上的反面教材，是否应被善意对待？我们是否应还历史以应有的敬意与温存？

蜀国灭亡后的南蛮

其实，七擒七纵仅仅只是小说之言罢了。历史上的南蛮之地一直是蜀国的心腹之患，并且从未被彻底根除过。甚至在大一统王朝时期，也从未将此地看作是汉民族固有领土而必须派兵镇戍，仅需其上表臣服罢了。

诸葛亮讨伐南蛮，也并未像《三国演义》中所写的那样轻松，随军将校大多惨死于南蛮群山之中。

蜀汉对南蛮的占领，仅是为其内部安稳而做的，具有蒙蔽欺骗性质的战略宣传，而并非是具体实际情况的真实反映。南蛮之地与蜀汉政权，仅就双方的安全问题，做出一定意义上的妥协与意见交换，达成一定的战略和解，并非蜀汉所宣传的占领与降服。这也即是后来，邓艾与钟会联军攻伐蜀地成都之时，南蛮之地并未派遣军队北上救援，以及晋朝并未对南中进行大规模的战略进攻及征讨的原因所在。

徐夫人
十年著孤苦，吴中女丈夫

三国时期，女子的名望彰显，更多还是来源于夫婿的影响力，例如吕布的英武，铸就了貂蝉的无双；曹植的深情，谱写了甄宓的妩媚；孙策、周瑜的兄弟情谊，昭显了大乔小乔的姊妹深情。甚至就连出身贵胄的孙尚香，也是因为夫婿为名满华夏的刘备，方才从孙氏众多女子中，突绽芬芳，否则必然如那些公主一样，悄然消逝在历史之中。

然而事必有殊，在江东正有这么一位飒爽的女子，她以其刚烈、节气、智勇名留青史。甚至更是凭借其自身的努力，将本来青史无名的夫君，拉入了历史的康庄大道之上。她就是孙吴宗室孙翊的妻子——徐夫人。

人物卡片

姓名：徐氏

别称：徐夫人、孙翊之妻

丈夫：孙翊

子女：孙松

历史评价：如徐氏权智，孔明、公瑾、孟德、仲达俱逊一筹。

　　　　　千古一人，万古一人也，妇人云乎哉？

提及孙翊，其也并非是无名之辈。作为孙坚之子、孙策之弟的孙翊，作战骁勇果敢，甚得父兄遗风，甚至在孙策时代是被作为东吴第三代继任者培养的。在孙策被刺杀之时，东吴群臣一度以为会是孙翊继承君位，带领东吴继续开疆拓土，像春秋时期吴国一样，北上中原争霸天下。而当孙策将大统传接给二弟孙权之后，作为吴地宗室的一员，孙翊仍可谓是高居要职，深得君臣将校的期许。在建安八年（公元203年），年仅二十岁的孙翊即被委任为丹阳太守，镇戍在东吴北上的前沿要地。孙翊年纪轻轻即掌控数万人马的大权，做到了万万人梦寐以求的官阶，正可谓是春风得意马蹄疾。同时，在情场上孙翊亦是人生赢家，娶得了徐夫人如此佳配。相闻，徐夫人不仅聪慧异常，而且贤良淑德、美貌绝伦，兼且善于卜辞，有着铁口直断的本领，是吴地远近闻名的佳人。

勇武异于常人的孙翊，作为江东的又一位"小霸王"，却也有着兄长孙策一样的鲁莽，做事豪迈而不拘小节，常常意气用事，在团结将校的同时，也无意间得罪了众多的小人。徐夫人虽然几次告诫，但仍改变不了夫婿急躁蛮进的作风。

某日，孙翊要举行款待各地官员的酒宴，临行前，徐夫人为其卜卦，得到的卦象十分凶险，便劝说其改日再设宴。但也许是冥冥中自有天定，平时虽然莽撞，但对妻子十分顺服的孙翊，这次并未听从夫人建议，仅带了几位侍从便前往宴会。

酒宴中气氛热烈，宾主尽欢。孙翊自恃勇武，加之身在城中，便对自身安全未做刻意防备。宴会结束，准备回返之时，孙翊身旁一个叫作边洪的随从，忽然拔出刀来，手起刀落，挥刀砍向孙翊。已经喝醉而未有防备的孙翊，未阵亡于两军阵前，而是竟然就这样死于一位扈从之手，徒然留下驰骋江山的雄伟梦想。孙翊被刺，边洪潜逃。作为东吴宗室贵胄的孙翊被刺身亡，且死状与前任君主孙策相仿，整个丹阳城顿时一片鸡飞狗跳。这时，年轻美貌的徐夫人，在悲痛中挣脱出来，强行保持镇静，从容自若地站出来主持大局。徐夫人对府中及城中将校官吏进行统一协调，严令各处缉捕逃犯边洪。因为部署得当，第二日，边洪便被戍守丹阳的军士缉拿归案。

倘若只是如此为夫报仇，也算不得是当世奇女子。事情的发展，一步步将徐夫人推向众多三国英雄都未达到的高度。

边洪虽然被缉捕归案，但是事情并没有就此结束，很快此次刺杀的幕后黑手便浮出水面。与孙翊有着仇怨的乃是丹阳大都督、郡丞戴员及妫览二人，正是此二人买通孙翊身边的扈从边洪为内应，方才趁孙翊不备，一举刺杀成功。邻郡庐江太守孙河，在得知吴主孙权亲弟孙翊被杀后，匆忙赶到丹阳，对孙翊部下戴员及妫览进行呵责，责怪其未能保住孙翊安全。戴员和妫览在孙河未能详细了解事情真相的时候，便先下手为强，残害了孙河。同时联络北边的扬州刺史刘馥，想要纳地归降。

然而纳地归降前的妫览，决意要将孙翊的妻子徐夫人同丹阳一起收入囊中。无助而彷徨，从这一刻起，便一直折磨着徐夫人的内心。徐夫人很清楚地知道，以她此时的能力及丹阳此时的状况，并没有摆脱的可能，甚至连谈判都是一件奢侈的事情。如果换了三国时期其他女性，可能也就随波逐流任凭雨打风吹去。但是，碰到心中潜藏着复仇烈焰的徐夫人，虚与委蛇便成了此时不二之选。徐夫人假意许以择日成亲，然后在暗中和孙翊原来的家将孙高、傅婴计议。婚成之日于礼堂设下伏兵，趁妫览、戴员无备前来之时，派孙高、傅婴协同兵将十余人，当场擒拿刺杀二人，成功为夫报仇。

在所有三国美女中，徐夫人当是最为刚烈与果敢的一位。在夫君被害、仇家逼亲的日子，她既不是含辱屈从于仇人，也不是去以死抗争。她以巧言成功蒙蔽住仇人，为复仇争取到宝贵的时间，同时巧妙安排计策，既保全了自身的贞洁和生命，更得以成功手刃叛将，替夫君亡魂报此血海深仇。这等大勇大智，实在是世间少有，真可谓女中丈夫！

尘归尘，土归土，赞誉归赞誉。徐夫人的成就很大，但其悲哀更在于，她这一切的载誉，都是以丈夫惨遭罹难、自己变成寡妇为代价换来的。如今想来，以徐夫人的所思来看，与其名誉，她可能更希望能阖家欢乐、平平淡淡过其一生吧。

东吴孙氏究竟有多少英豪

熹平四年（公元175年）孙坚长子、江东小霸王孙策出生，江东孙氏家族开启壮大之始。

熹平六年（公元177年）孙坚之弟孙静的次子孙瑜出生，孙瑜虽是军旅之人，却偏好典籍经史，东吴学官制度即是由其始建。

光和五年（公元182年）孙坚次子、东吴大帝孙权出生，作为吴国的建立者，孙权可谓是披荆斩棘、筚路蓝缕，成功地使孙氏得以在江东建国成为天下三分的胜利者。

中平元年（公元184年）孙坚三子孙翊出生，作为孙氏家族最像孙策的一子，孙翊以其勇武而著称。其夫人徐氏，更是世间少有的集美貌与果敢于一身的奇女子，常常为后人所称道。

中平三年（公元186年）孙静三子孙皎出生，孙皎所率部队纪律严明，战斗力强劲，曾跟随吕蒙征讨荆州，并立有殊勋。

中平五年（公元 188 年）宗室孙韶出生，孙韶是吴国宗室中又一员上将，曾与陆逊、诸葛瑾一同参与合肥之战，后作为戍边战将，镇守吴国北部边防。

除这些宗室之外，还有孙贲、孙孺、孙河等一批将领为孙氏在江东的立足与发展，献计献策左右奔走。正是有着如此之多的孙氏英才，方才让孙氏在江东得以建立国家，成为中华大地上最为耀眼的家族之一。

丹阳人物志

丹阳，作为著名的四战之地，其境内有着数不胜数的历史名人。

季札，又称季子、公子札，是我国先秦时期一位伟大的预言家、美学家和艺术评论家。其曾因作为至圣先师孔子的老师，而名扬天下，被誉为南方第一位大儒，与孔子并称为"南季北孔"。

葛洪，我国著名的医师与道教学者。其所著《抱朴子》一书，是道教著名典藏，其确立的道教神仙理论体系，为后世道教的成熟做出了不可磨灭的贡献。

刘裕，南朝宋王朝的开国之君。其作为东晋王朝的掘墓人与南朝四朝的发起者，在我国历史中留下过浓墨重彩的一笔。而其北上中原的征伐，更是让全国上下看到祖国统一的曙光。

刘义庆，《世说新语》的作者，刘宋王室不可多得的才干之士。作为刘裕的侄子，其自幼便表现出异于常人的文学禀赋，后来创作的笔记小说《世说新语》一书，更是开启我国文言志人小说集的滥筋，在后世得到广泛赞誉。

陶弘景，茅山道派的创始人及代表人物。作为著名的隐士，陶弘景长期处于隐居状态，而因其才干卓著，故而被人们称为"山中宰相"。其作为我国南朝时期著名的文学家、思想家和道教传播者，为后人留下诸多宝贵遗产。

刘勰，我国最著名的文学评论集《文心雕龙》的创作者。《文心雕龙》的产生，使得我国文学理论体系进一步得以完善，从而为后世文学的创作，指出一条康庄大道。其为后世的贡献与意义，绝不仅仅是一部书籍所能概括的。

三国时期最著名的叛国者——孟达

三国时期风起云涌，良辰择木而栖，各个势力都不能保证本方未有心怀二心的将领。作为一个本来并不被三国迷所关注的二线将领，孟达却因其反叛无常，常被用来与吕布进行类比而闻名历史。

孟达本为关中扶风郡人，早年随法正一起入蜀逃荒，后出仕于蜀主刘璋帐下，成为镇戍一方的将领。后来在刘璋与刘备争夺蜀中之时，孟达便发挥其墙头草的本性，与法正一同率先投入刘备帐下，被刘备任命为江陵太守，后改任为宜都太守。

由于宜都处于魏、蜀、吴三方交界地带，三方在此均未有太强劲的影响力。于是孟达便率先抢占机遇，率军北攻房陵、上庸之地。刘备担心孟达权势过盛，会有二心，便派遣从子刘封监军协同。在关羽兵败荆州，请求孟达出兵协助之时，孟达拒绝了关羽的请求。关羽被枭首之后，心中惴惴不安的孟达，一咬牙便率领所部四千兵将，转而投魏，成为魏国与蜀国战争中充当排头的奋战者。

　　此时适逢曹丕建国，降将孟达深受曹丕器重，被委以重任，以降将之身，统领三郡之地。后来曹丕逝世后，由于魏明帝曹叡对孟达的信任度有所降低，于是在蜀汉诸葛丞相的引诱下，孟达再次决定叛离魏国回归蜀国。然而由于孟达的表现过于明显，引起了司马懿的猜忌。最终在司马懿的计策下，孟达死于魏军之手，并使得蜀军北上东进的计划因此胎死腹中。

第三章　三国红颜之烈女篇

第四章　三国红颜之淑女篇

贤良淑德的女子，一直是我国古代大家闺秀的典范，她们以无可挑剔的礼仪、傲视群英的才华、宰相胸襟的气度、如兰似馨的谈吐引领着时代。她们是古代社会无可争议的楷模，是古代琴音中最动人的芳华。

她们待字闺中，是家中子弟的导师；嫁与公卿，是家中内室的顶梁；入居深宫，是后宫母仪天下的无冕之王。然而她们不争不抢，将世间一切的赞誉让与夫君，甘居幕后体会百转千回。世间男子真的亏欠她们太多太多……

卞夫人
曹氏诸子，夫人最贤

俗话说"母以子贵，妇以夫荣"，一位三国时期在谯地以卖唱为生的卞家女子就成功地做到了这一点，这位女子正是曹操的夫人、曹丕与曹植的母亲"卞夫人"。

人物卡片

姓名：卞氏

别称：卞夫人、武宣卞皇后

籍贯：齐郡白亭

丈夫：魏武帝曹操

子女：曹丕、曹植、曹彰、曹熊

历史评价：后性约俭，不尚华丽，无文绣珠玉，器皆黑漆。

卞夫人的出身并不是太好，其家世代为凭借声色来谋生的歌伎，是世人眼中的"贱业"。卞夫人出生的时候，却是意象纷呈：金黄色的光华充斥着整间屋子经久不散。占卜之人皆认为此女之后必定妙不可言。

东汉末年朝廷昏聩，此时曹操辞去东郡太守的职位归还乡里。返乡之后的曹操，在家读书韬光养晦，并时刻观察世间局势。曹操酷爱音辞格律，偶然见到卞氏生的清雅脱俗，而又色艺俱佳，一见倾心之下，便将其纳为房中侍妾，对其的宠爱无人能比，并在之后为其专门建了一座梅亭。而正是在这座梅亭之中，发生了历史上著名的"煮酒论英雄"。后来在原配丁夫人被废后，卞氏成为曹操的正妻。卞氏在后来为曹操诞下曹丕、曹植、曹彰、曹熊四子与曹节一女，成为皇后。曹丕篡位后，被尊为太后。曹叡继位后，尊为太皇太后，并在逝世后与曹操合葬于高陵。

中平六年（公元189年），董卓跋扈于朝堂，作为汉王朝忠实拥趸的曹操，冒着身死族灭的风险行刺董卓，可惜事情未遂，在以进献宝刀为借口脱身后亡命天涯。亡命天涯避祸的曹操未能直接返回家族，所以家中各种谣言漫天飞舞，府内府外人心惶惶。不少曹氏与夏侯氏旧部都心生退意，想要收拾行囊另谋出路。此时，年仅28岁的卞夫人向这些想要逃离的部曲发出扣人心神的质问："夫君生死未卜，我等一介女流尚且未慌乱，尔等今日若离散，倘若他日夫君安全归来，尔等今后又有何面目再次相见？当时说的同生共死难道仅仅是一时之言吗？"掷地有声的质问，让各位家老族人无地自容，从此死心塌地地等候曹操归来。此次人心的凝聚，使得曹操能在乱世到来之际，迅速整装出精兵强将，在乱世里拓土开疆。

曹操的原配夫人是丁氏，但由于丁氏不能生育，所以对受尽荣宠的卞夫人十分不满，时时对其进行恶意的刁难。然而对于丁氏的刁难，卞夫人从不恃宠而骄，而是始终以礼待之。甚至在建安二十一年（公元216年）曹操晋爵魏王，将卞夫人立为王后，长子曹丕立为世子之后，仍对被废黜的丁夫人保持礼节，经常将王府中的珍馐与玉饰遣人送到丁氏府上。甚至在宴席中，也将主位留给曹操与丁夫人，自己甘愿退居次位，以向朝臣示意曹操厚待旧情。如此推心置腹的对待，终于使得丁夫人深受感动，并为自己之前的行为感到自责与羞愧。从此丁夫人和卞夫人便以姊妹相称，姊妹之情情比金坚。

曹操是一位多情之人，其有记载的子女就有三十二人之多。然而很多孩子的亲生母亲，都由于战乱等因素先后离世。这些子女的抚养任务，便都被交由卞夫人负责。卞夫人以极大的包容与深情对待这些非亲生的子女，对待他们与其亲生母亲别无二致，尽心尽力哺育其成才，使得后宫之中少了许多尔虞我诈和钩心斗角。

然而曹操的后宫虽然因为卞夫人的存在而比较和睦，但帝王之家无亲情却始终是颠扑不破的真理。作为嫡子的曹丕和曹植为争夺世子之位各展其能，双方的博弈涵盖方方面面，其中作为母亲的卞夫人，在其中有着举足轻重的地位。然而，面对手心手背都是肉的局面，卞夫人并不发出任何的评论，不轻易发表言辞左右曹操的决定，而是全凭曹操来考量。在最终曹丕成为世子之时，后宫之人向其道贺，卞夫人却十分淡然地表示："曹丕作为魏王嫡长子，所以才能够成为魏王的接班人，我作为母亲的有什么好骄傲的呢？我的骄傲在于今后能为魏王好好培养这位接班人，使得他没有过失，而这才是我以后能够骄傲的事。现在曹丕成为世子，对我的考验方才开始，又有什么好祝贺的呢？"曹操听说这件事之后，不仅发出感慨："怒不变容，喜不失节，故是最为难。"

相传有一次，地方进献了几副精巧别致的耳环给曹操，曹操便率先让卞夫人挑选。卞夫人反复挑选之后，选择了一副品质中等的耳环。不解的曹操忙问其故，卞夫人回答道："由于是夫君所送，所以一定要仔细挑选。而拿最好的是贪婪，取最差的是虚伪，所以选择了中等品质的一副给自己。"卞夫人的回答让曹操对自己的妻子更加尊敬。

由此可见，作为一位女子，无论出身如何卑贱，只要能够坚守本心，有着做人的操守，那么最终都会成功的。甚至而言，一个人哪怕虚伪，但如果能够虚伪一辈子，那么他也值得所有人去尊敬。

曹操最中意的继承者

雄才大略的曹操对于自身的继承者，可谓是要求多多，但曹操的儿子一个个却也都是人杰。最终，长子曹昂战死宛城，文略武功皆更胜一筹的曹丕战胜曹彰、曹植，成功加冕帝位。但魏文帝曹丕在即位后却曾对群臣说过一句话："若使仓舒在，我亦无天下。"这说的正是曹操一位早逝的儿子曹冲，仓舒是曹冲的字。

曹冲是曹丕的异母弟，自幼聪慧，关于曹冲称象的典故可谓是妇孺皆知。曹操也很属意这个小儿子，曾不止一次地想要立其为继承人，但是曹冲却在建安十三年（公元208年）意外染病而亡。甚至在其不幸离世时，曹操对曹丕说过"曹冲的死，对我是不幸，对你却是大幸"，他对曹冲的期许即可见一斑。曹冲有位同样为天才的好友周不疑，在曹冲去世后，曹操决意要将周不疑除去。对此曹丕有不同意见，认为周不疑可以以其天赋来为自身服务，但是曹操最终未听从曹丕意见，仍然坚持将其处死。处死周不疑后，曹操对曹丕说了一句意味深长的话："你驾驭不了周不疑，最终绝对会被他玩弄于股掌之间的。"枭雄的眼光一般都极为毒辣，被他们认为有威胁的，最终都被证实确实不是一般人，比如另一位侥幸逃得一命的司马懿。如果当时周不疑未死，可能曹氏的江山不会姓司马，而是改姓周了。而能压得如此天赋异禀之人一头的曹冲，又该是如何了得？

另外，曹冲作为曹操的庶子，既非嫡也非长，却受到曹操如此青睐。在礼仪宗法为上的秦汉时期，岂不更彰显出曹操对其的钟爱？若不是天妒英才，可能整个三国历史都将改写。

汉末奇才董昭

说起董昭可能了解的人不是很多，但是他却孤身一人做了很多惊天动地的大事，就比如通过他的穿针引线，使曹操得以"挟天子以令诸侯"。

初平三年（公元 192 年），曹操平定了兖州之乱，于是决定派遣使者王必去长安朝拜汉献帝。但是使者在路过河内之地的时候，被与袁绍不睦的张杨截扣下来。此事得到张杨身边一人劝解，方才平息下来，这个人正是董昭。董昭并非是张杨手下谋士，仅是寄居在河内之地，他觉得只是这么帮曹操一下还不够，于是私自仿造了一份曹操给长安掌控者李傕、郭汜的文书，文书中一句"各随轻重致殷勤"，使得李傕、郭汜对曹操的感观大为改善，而这一切曹操全都浑然不知。

建安元年（公元 196 年）天子东归洛阳之时，董昭再次没和曹操说，就送了曹操一份大礼——伪造曹操的口吻，给洛阳的掌权者杨奉写了一封信，信中说"死生契阔，相与共之"。于是在东郡的曹操就接到了洛阳杨奉方面发来的交往文书，并得以带军队去洛阳朝觐皇帝。到了洛阳后，又是董昭说服献帝迁都许县，自己走进曹操视野的。

可以说正是董昭的出现，使得曹操能够完成其从小郡太守到

"挟天子"的华丽转变。董昭两次模仿笔迹，可谓是为曹操插上腾飞的双翅。

八虎骑

曹魏政权从无到有，可谓是曹操带着自家兄弟一刀一枪拼出来的，而这些能战善战的"关系户"，正是曹魏实力最强的宗亲将领——八虎骑。

"八虎骑"又称"八虎将"，是曹操麾下除"五子良将"外，又一能力爆表的将军团体。其分别是："独眼将军"夏侯惇、"疾驰神速"夏侯渊、"险不辞难"曹仁、"虎豹骑都统"曹纯、"精忠肝胆"曹洪、"曹家千里驹"曹休、"南征北讨"夏侯尚、"抗蜀名将"曹真。这八位将领均为曹氏一族的崛起与辉煌呕心沥血，见证着曹家从草莽走向皇权，是曹魏政权最忠诚的战士与最坚固的臂膀。

然而曹氏的八虎骑却仿佛将曹氏血脉中的优良基因一瞬间爆发干净，在这些曹氏第一、二代将领相继辞世后，曹氏便面临十余年青黄不接的窘境。也正是在这一时期，外姓将领满宠、司马懿等人，逐步蚕食掌控曹魏军权。外姓将军的声名鹊起与大肆掌权，使得曹氏宗族感到了危机，并最终迫使未完全成熟的第三代宗室将领曹爽，提前走上历史前台，去与那些老谋深算的宿将对垒，从而因过于刚而不折，直接葬送了曹魏的盛世江山。

麋夫人①
坚贞不渝，至死方休

"战将全凭马力多，步行怎把幼君扶？拼将一死存刘嗣，勇决还亏女丈夫。"被后人称赞为"女丈夫"的便是危急关头舍命救幼主的"麋夫人"。

人物卡片

姓名：麋氏

别称：麋夫人

籍贯：东海郡朐县

兄弟：麋竺、麋芳

丈夫：蜀汉昭烈帝刘备

历史评价：麋夫人甘心殉难，亦可谓贤妻。

赵云于危难之际，单骑救主的忠义气概古往今来为人所称颂，钦佩之情溢于言表。但人们往往忽视了情节中颇为重要的一个角色，而正是这个人物用自己的牺牲换来了阿斗的一线生机，她便是麋夫人。麋夫人在生死存亡之际，深明大义，果敢坚毅，慷慨赴死的壮举让无数男儿都不禁汗颜。李贽曾有评语称赞麋夫人"夫人，丈夫"。《三国演义》塑造了麋夫人为护幼主而毅然投井的伟大形

① 麋夫人：也作糜夫人，本文从《三国志》麋姓。

象，但正史中却鲜有关于麋夫人的记载，究竟何原因呢？当然除了从宏观上去把握人物，从微观上去剖析一些现象背后的真实总会有别样的收获。

《三国演义》作为一部历史演义小说，而麋夫人作为小说中的角色，是真实存在的历史人物，还是小说为使故事饱满而进行的私创人物，其真实性颇值得考究。接下来我们就来揭开面纱，还原真实的历史。

管窥历史，我们可以得出的结论是，麋夫人这一角色并非小说虚构，而是历史上真正存在的人物。《三国志·麋竺传》中提及："建安元年，吕布乘先主之出拒袁术，袭下邳，虏先主妻子。先主转军广陵海西，竺于是进妹于先主为夫人……"但是，关于麋夫人的历史记载仅此一处。作为刘备正式的妻子，专门记载蜀汉后妃的《二主妃子传》也丝毫未提及。《二主妃子传》中关于当阳长坂赵云救后主的记载，只是用"于时困逼，弃后及后主，赖赵云保护，得免于难"寥寥数语带过，其中没有麋夫人的丝毫痕迹。这不得不引起后人的深思，让我们对麋夫人舍身救后主的真伪存疑。

一、麋夫人家族有恩于刘备

刘备与袁术僵持之际，吕布偷袭下邳，掳走了刘备的家室和储备，此时的刘备没有了家底，只得率领残部驻扎海西县。正可谓，天无绝人之路，穷困潦倒的刘备遇到了麋竺，刘备的事业便开始有了转机。

麋竺本为徐州富商，富甲一方的他本侍徐州牧陶谦。陶谦死后，麋竺便遵从陶谦的遗命，追随刘备。在刘备落难之时，麋竺不仅将妹妹嫁给刘备，还将数千下人以及大量钱财物品资助刘备，使得刘备东山再起。由此可见，麋家对刘备可谓有再生之恩德。此外，麋竺与其弟拒绝曹操的荐请，毅然决然地追随刘备。

建安十九年，刘备在入益州之后，拜麋竺为安汉将军，地位待遇都是其他大臣所无法企及的，并任麋芳为南郡太守，麋氏风光无限。对麋竺和麋芳的如此厚待，与麋夫人的待遇形成了巨大反差，小有成就的刘备并未对麋夫人有恩赏，是正史的疏忽还是另有隐情呢？

按《三国演义》说法，麋夫人投井发生在长坂坡之战中即建安十三年，而刘备对麋竺的进拜是在建安十九年。从时间上分析没有矛盾，此时麋夫人已经不在世，自然无法对其进行恩赏。

二、麋夫人未诞一子且过早下落不明

刘备作为三国之一蜀国的君主，生命中的女人可谓不在少数。但刘备成功之路可谓十分艰辛坎坷，遇到危机时刻，总会抛下妻子，于是也就导致了刘备年轻之时"数丧嫡室"，留于史册、见于记载的也就是麋夫人、甘夫人、吴夫人。

《二主妃子传》中关于刘备妻妾的记载仅有两位，其中一位便是后主刘禅的生母甘夫人，章武二年追思甘夫人为皇思夫人，甘夫人母凭子贵，后追谥为昭烈皇后，并有幸载于后妃史册。在孙夫人还吴之后，建安二十四年，吴夫人被立为汉中王后，章武元年顺理成章被立为皇后，建兴元年后主即位后尊为皇太后。从这个层面上分析，麋夫人的命迹有别于甘皇后和吴皇后之处，便是麋夫人未曾为刘备诞下子嗣且没有熬到刘备称帝。

可见，麋夫人属于因作战颠沛流离而下落不明的"数丧嫡室"之一，故史籍鲜有记载，且未纳入《二主妃子传》。

三、投井救后主真实存在与否有待考证

正史中关于麋夫人的记载仅在麋竺传中一笔带过，作为刘备的患难之妻，关于其生平事迹却没有丝毫着笔。按麋氏对刘备的再生之恩，以及刘备对麋氏的优宠综合考虑，这种现象显然不合常理。

纵然如前所分析，麋夫人早卒且未诞一子，并且忽视麋氏家族的荣光，但正史记载如此干净实在让人匪夷所思。麋夫人真的普通到被遗忘？这不得不让人想到了《三国演义》中，为救后主，壮义赴死的情节。如果投井救后主的事件真实存在，麋夫人誓死守护刘备的子嗣，救后主刘禅于生死关头，对刘氏父子的牺牲如此之大，刘氏父子怎么能毫无感念之心？历史怎会没有一丝记载？

众所周知，后主刘禅乃甘夫人所生，危急关头，因何故是麋夫人抱着后主刘禅，危难之际生母甘夫人又身处何方？这些都存在诸多疑点。但历史小说毕竟有别于史书记载，其浓厚的文学色彩使其为突出人物形象、传达作者的思想意趣不免进行艺术加工，导致一定程度上脱离史实，所以《三国演义》中麋夫人为求后主生机、英勇投井赴死的情节存在艺术加工的嫌疑。

四、可能受到麋芳叛蜀投吴的牵连

樊城之战中，麋竺的弟弟叛蜀投吴，使得关羽最终被俘身亡，不仅使刘备痛失爱将，也使蜀国蒙受了巨大损失。

麋芳叛蜀投吴之后，面对麋竺的请罪，刘备不仅没有怪罪，反而还劝慰开导麋竺，也没有因此冷落怠慢麋竺，一切待遇都如初。奈何麋竺一向忠贞，面对自己兄弟的叛逃以及刘备的礼遇，让他思想负担更加沉重，以致郁郁而终。而正是麋芳的叛逃致使关羽的惨

死，蜀国损失虎将而且连失两城，对蜀国的政局产生一系列不可估量的影响，不得不说后患无穷。而刘备一直为人所称道的便是待人之术，糜芳事发之后，虽然依旧礼遇糜竺，但本质性的东西已悄然发生改变，这对君臣关系不可能如之前一般，对待糜氏的问题上自然也就不可同日而语了。

糜夫人作为刘备的夫人，围绕其的历史谜团数不胜数。然而，我相信我们更愿意去接受、去相信历史的真、善与美，相信历史的脉脉温情，正如相信人性的善良与光辉。

刘备的妻子大盘点

刘备在《三国演义》中作为仁义的化身，为万民所钦慕，但是是不是成大事者都要不拘小节呢？因为刘备称帝前一共娶了多位妻子，仅史书上可考证的即有四位。

甘夫人，后主刘禅的生母。在兴平元年（公元 194 年）刘备寓居小沛时嫁与刘备，夫人后来病死于南郡。刘备建国称帝后，追谥甘夫人为"皇思夫人"。刘禅登基后追封其为"昭烈皇后"。

糜夫人，徐州富豪糜竺的妹妹。在真实历史中，由于建安五年（公元 200 年）春天"衣带诏"事发，而和关羽一道，被曹操俘虏扣押，后失载于史料之中。在《三国演义》中，糜夫人随着关羽"过五关斩六将"而重归刘备身边，后在建安十三年（公元 208 年）长坂坡之战中，为保护阿斗顺利逃脱追捕投井而亡，其情谊感人至深。

孙夫人，即孙坚之女孙尚香。因赤壁之战时的政治联姻而嫁与刘备，后在刘备入蜀时被孙权接回江东。此后史书没有记载。野史中言在刘备病逝白帝城之时，孙尚香投江自缢。

吴夫人，蜀将吴懿之妹。在刘备入蜀后，为缓解与蜀地本土士人的关系，所做的一场政治联姻。吴夫人原为汉朝宗室刘焉之子刘瑁的夫人，后刘瑁逝世，吴夫人寡居。在刘备入主蜀地之后，成为蜀地士人和刘备联系的纽带。吴夫人可以说是一件政治工具，一件让西川士族能够相信并支持刘备这位北方人的基础。刘备登基后被立为皇后，直至延熙八年（公元245年）去世，一生做了王妃、王后、皇后、皇太后，地位尊崇。

史书不可考察的仍有多人，如在吕布破下邳时被俘的刘备家眷等。

也许成大事者不拘小节，但是如果一个人自己的爱情都能用来作为政治筹码，那么这个人是否也太过冷血呢？后世明清小说话本，所宣扬的刘皇叔的仁义，是否也充满了压抑与残酷，充满了明清之人病态的忠义和女性观念？

刘备不止刘禅一子

许多人认为后主刘禅昏聩，是因为刘备只有一子，没有别的选择，所以只能立其为继承人。其实不然，刘备的儿子虽然不如曹操那样众多，但也并非只有刘禅一子能继承皇位。

鲁王刘永，表字公寿，他是刘备庶子，其生母不详。据《刘氏宗谱》记载为刘备与吴懿之妹所生。刘永先拜为鲁王，后转封为甘陵王。因为与后主刘禅的宠臣黄皓关系不睦而被刘禅疏远。从其被阉宦所厌恶来看，鲁王刘永应当是一位有着较强正义与节义之士。想来若非其为吴夫人所生，与西川士人天然联系过于紧密，不利于团结川外人士与功勋名宿，可能他会是一位更符合恢复汉室荣光的帝王。

梁王刘理，表字奉孝，为刘永的异母弟。约为建安二十年（公元215年）诞生。刘备称帝时，加封其为梁王。建兴八年（公元230年）改封安平王。延熙七年（公元244年），刘理去世，谥号悼王，去世之时年龄尚不满三十岁。

此外，刘备另有两位女儿于长坂坡之战时被曹军将领曹纯所俘获，其后不详。另在建安元年（公元196年）之时，刘备起码已有一子，但史传失考，其出生与后来的结果，我们不得而知。但据有限的资料来推断，其可能是已夭折。

刘备的儿子并非只有刘禅一人，不过另外几人都在综合考虑后，因外戚强势、年龄太小等原因而被排除在继承大统的体系之外。所以最后反而是最没有后台，且年纪较长的刘禅继承皇位，史称"蜀汉后主"。

徐州牧刘备的事业过山车

人道是刘皇叔历经磨难"大器晚成"，但《三国演义》中陶谦的一出"三让徐州"，似乎让漂泊无依的刘备看到了春天的希望。然而刘备不会想到，在三十五岁这一年"三辞"得来的徐州，却并不是其"大器晚成"后得到的天眷，而仅仅是一场梦境浮华。

刘备刚得徐州不久，吕布便在和曹操争锋中败下阵来，溃逃至徐州。刘备看到闻名天下的"人中吕布"，而且还带着一票百战之兵前来投奔，自是喜不自胜，认为自己已经"时来运转"，觉醒了"主角光环"。于是刘备表举吕布为豫州牧，并割小沛之地为其容身之所，以求取燕昭王"黄金台"之名望。

然而，这位打算"买马骨"的刘备，做梦也不会想到，自己居然被"马骨"咬了一口。袁术进攻刘备的时候，暗中策反吕布，使得吕布直接将刘备的大本营下邳攻打了下来。刘备再次成为孤家寡人，这次甚至连在下邳的妻儿，都成为吕布的俘虏。

刘备只有接着拼搏，等到遇到他的诸葛亮，方才算真正的苦尽甘来喽。

东汉末年的刘氏宗亲

终大汉王朝四百年，刘氏子弟始终处于崇高地位。纵然在东汉末年这个乱世，仍然在全国举足轻重。北方幽州有着刺史刘虞镇服乌桓；中原之地有着兖州牧刘岱；南方荆州更是有着"八俊"之一的刘表；西南有着持稳守成的益州牧刘焉；东南扬州之地也有着宗亲刘繇；各地的封国如北海国、下邳国等地，也有着数不尽的刘氏子孙，刘氏的江山可谓是固若金汤。刘氏子孙在汉末时期，其能量可以说是完爆袁绍、曹操等新兴势力，占据着天下最多的资源。

但是这么多守着祖业的皇亲国戚，他们占尽天时、地利、人和，却仍让传家之宝落入魏、蜀、吴三个"暴发户"手中，甚至就连宗亲中真正有能力之人，如刘晔，也弃他们如草芥，转投曹操的帐下。不得不说承平日久的生活，当真是磨灭了刘氏子孙的奋斗的火焰，给他们留下的只有在安逸中走向灭亡。

薛灵芸
穿针引线，国色生香

正史及《三国演义》里并未曾记载薛灵芸的故事，但是在众多野史笔记如《拾遗记》《太平广记》等之中，薛灵芸的美貌与传说却屡被提及。

人物卡片

姓名：薛灵芸

别称：薛夜来、针神

籍贯：常山郡真定县

父亲：薛业

丈夫：魏文帝曹丕

历史评价：空劳国色更针神，雨露恩移别院新。

记取蒲生塘上曲，九泉差胜姓甄人。

薛灵芸出生在常山真定，与赵子龙是同乡。她的父亲名唤薛业，是当地的一名低级官吏。由于家境并非世族豪门，所以自小灵芸便常常在夜里点燃麻藁来照亮，来和姑姑嫂嫂们聚在一起纺纱。薛灵芸在十七岁那年，便已经艳冠群芳。间中的少年郎，都暗暗钦慕于薛灵芸，只因自惭形秽而只敢趁着夜色悄悄偷看。

黄初元年，常山郡守听说薛氏有此佳人。适逢当时魏文帝曹丕选秀女以充后宫，太守效仿当年黄金台，用千金黄金代曹丕迎聘薛灵芸。薛灵芸与父母告别时，因过度感伤，泪水浸湿了衣袖。在上路登车之时，双目的泪水难以抑制，她用玉唾壶来盛泪，泪花落在壶中后化作殷红。还未到洛阳，壶中的泪珠已凝如赤色。在后来，这甚至成了一个通用的典故，人们常常将女子的眼泪称之为"红泪"。魏文帝曹丕用尸涂国进献的十匹青色骈蹄牛拉着花纹饰雕刻、丹青画毂轭的缀满着宝石的车来迎娶她。青牛佩戴的铃饰锵锵和鸣，叮咚的脆响沿路回荡不绝。薛灵芸去洛阳的途中，沿途筑赤土以为台，台基数十丈，膏烛列于台下，名贵的香薰焚烧数十里而久久不熄，这被世人唤作"烛台"，远远望去有如流星坠落凡间。车子路过掀起的烟尘遮蔽星月，当时人称之"尘霄"。

　　薛灵芸距离洛阳城尚有十余里，曹丕即乘雕车玉辇，远远相迎，看到沿途的尘嚣盛况，感慨道："古人云：朝为行云，暮为行雨。今非云非雨，非朝非暮。"因此为薛灵芸取了个爱称为"夜来"。清代《太清遗事诗》所言"南谷春深葬夜来"即记叙此事，另据传，后世"夜来香"花名即得自薛灵芸。

　　薛灵芸入宫后深受曹丕宠爱。薛灵芸除艳丽无双外，缝制衣服的手法更是十分高超，纵然是夜里处于深帏之内，不点灯烛，她仍能缝制出巧夺天工的衣服。曹丕着身的衣物，但凡不是薛灵芸所亲自缝制，其一概不穿。宫中女官出于敬佩，与甄宓的"洛神"相对应，将她称为"针神"。黄初七年，魏文帝病逝后，薛灵芸便不知下落，再也未出现于各种史书笔记之中。

　　或许薛灵芸玄之又玄的事迹为历史的虚构演绎，但其作为一种存在于精神层面的意象，相对真实存在的人物，似乎更加容易被人们所接受与认可。人们在接受薛灵芸的同时，也是在感伤自身的凄婉与憧憬着梦中的君王。

武林高手曹丕

作为建安时期"三曹七子"中的一员，曹丕的文学成就得到了举世公认，《文心雕龙》的作者刘勰甚至认为其文学成就在其弟曹植之上。可能是由于文辞上的造诣和身居皇帝九五之尊而"位尊减才"的缘故，世俗显然过分低估其在武术上所取得的成就。

曹丕五六岁时便和曹操学习射箭与骑马，八岁时即能进行骑射。他曾跟从曹操征伐宛城张绣。当曹昂、曹安民、典韦等战死于乱军之中的时候，年仅十岁的曹丕即能于乱军中"骑马得脱"，其骑射功夫可见一斑。他的骑射的功夫，甚至曾得到"王佐"谋臣荀彧的击节赞叹。后来曹丕又师从王越的弟子史阿学习击剑，其曾以剑术数次轻巧击败能"空手入白刃"的大将邓展，使得"座中皆惊"。又跟随陈国人袁敏学习戟法，能做到"以单攻复"，甚至达到了"运用之妙，存乎一心"的至高境界。他对弓法与剑法均有自己独到的见解，甚至将其与战略谋术相结合。

魏文帝曹丕子女

曹氏父子的文名，在建安年间即已经名扬四海。而曹氏父子的子女众多，也早已是"享誉海外"。曹操有着 25 个儿子和 7 个女儿，而曹丕并不逊色于父亲。不过曹丕的子女多数早夭，但有记载的成年子女数，也仍多达九位。他们分别是：

甄皇后所生的魏明帝曹叡，李贵人所生的赞哀王曹协，潘淑媛所生的北海悼王曹蕤，朱淑媛所生的东武阳怀王曹鉴，仇昭仪所生的东海定王曹霖，徐姬所生的元城哀王曹礼，苏姬所生的邯郸怀王曹邕，张姬所生的清河悼王曹贡，宋姬所生的广平哀王曹俨。

其中魏明帝曹叡，因为生母甄皇后后来不为曹丕所宠爱而被疏远。最为曹丕器重的为东海定王曹霖，曹霖次子即为曹魏帝国的第四代帝王——曹髦。

夏侯夫人
蜀魏迭替，南北共和

在战乱纷仍的三国乱世，魏、蜀、吴三国俊才，如雨后春笋般成长成才。他们或指点江山激扬文字，或征战沙场马革裹尸，都在各自的领域谱写动人的华章，铸就属于自身的传奇。然而看似只有征伐的魏、蜀之间，却因为一个女人的出现，而产生了千丝万缕的联系。这位充满传奇的女子，正是张飞的妻子——夏侯夫人。因为，夏侯夫人还有另外一个身份，那就是曹魏名将夏侯渊的亲侄女。而夏侯渊除了是曹操的本族及部将之外，还是曹操的连襟。

人物卡片

姓名：夏侯氏

别称：夏侯夫人

籍贯：沛国谯县

从父：东汉征西将军夏侯渊

丈夫：蜀汉车骑将军张飞

子女：蜀汉敬哀皇后、蜀汉张皇后

根据史传记载，夏侯夫人与张飞相遇相识是在建安五年（公元200年），而就在这一年，围绕曹操、张飞发生了许多大事。

首先是衣带诏事件的爆发，使得张飞不得不随同事件参与者刘备，逃离许昌曹操的追杀。刘备军南下至曾经的根据地徐州下邳、小沛，斩杀曹军守将车胄，占据徐州以待来犯之敌。曹军追击的刘岱、王忠二将，被关羽、张飞成功击退。然而随后曹操亲率大军而至，张飞随刘备逃亡，关羽及刘备家眷被俘。击败刘备后，曹操挥师北上，誓师要与袁绍在官渡一决雌雄，关羽诛颜良、斩文丑即发生在此时，而夏侯渊此役亦在军中效命。而刘备、张飞与袁绍联合，南下南阳之地，组织军队在曹军后方进行骚扰进攻，牵制曹操势力，威胁许昌安全。

想来，张飞与夏侯夫人的结识，应当在南阳牵制曹军后方之际。因为若是在南下徐州之前即在一起，那么，夏侯渊理当将夏侯夫人随刘备家眷一起从下邳城中接回，而不是看着亲侄女跟随"反贼"浪迹天涯。而且以此时夏侯渊在曹军中的重要地位，夏侯夫人作为夏侯渊的侄女，生活自然是比较优渥。这与《三国志》中"年十三四，在本郡，出行樵采，为张飞所得"的记载相去甚远。想来应该是陈寿使用春秋笔法，为张飞隐去了强抢民女的"戏份"，将一场蓄意绑架，描绘成花前月下的"桃色新闻"。

张飞掳掠夏侯夫人的原因，我们难以深究，甚至就连二人是绑架还是私奔都难以考证。但我们能够猜想到此事件给夏侯渊和张飞带来的政治影响。首先来谈夏侯渊，夏侯渊作为曹操的亲信，自是深受恩宠，屡次被派出剿灭乱党，铲除与曹操不同心的汉室余孽。在夏侯夫人嫁给张飞的早期，曹操对夏侯渊进行了一定程度上的疏离，禁止其参与征伐刘备的作战会议，而是派其坐镇关中，防备雍凉的势力反抗曹操统治。然而在晚年，曹操却转变态度，更是为表信任，特指派其率军驻守汉中，以来抵御刘备的进犯。与曹操相反，夏侯夫人事件之后，刘备对张飞是先信任而后提防。事件刚爆发之后的近十年时间里，刘备总是将与曹军接触的工作留给张飞，让张飞通过夏侯夫人的影响力，来掣肘曹操的判断。而其中表现最明显的，应当属长坂坡前张飞的断后之举。然而后来随着入蜀后，曹操派遣夏侯渊镇戍汉中，刘备对于张飞的信任便包含了水分，其总是避免张飞与夏侯渊出现在同一战场。如魏、蜀争夺汉中之时，张飞作为蜀汉名将，却总是被迫避开主战场汉中，而负责后勤事宜，从而未有任何出彩之处，完完全全流于平庸。甚至在定军山如此重要的一役中，张飞与马超却负责进攻下辨，截断曹军补给，而不是随同刘备参与主战场。

然而当张飞因为夫人而受连累之时，却并没有学战国时期的吴起杀妻，来求得信任。反而是在夏侯渊战死之后，替夫人上表，请求将夏侯渊厚葬。后来，张飞更是费尽手段，将与夏侯夫人的两个女儿，先后都嫁给了蜀汉后主刘禅，来保障妻女的富贵无忧。如此情谊，可见感情是会随着时间的积累而沉淀加深，而非如流水般东流。夏侯夫人与张飞用十九年的时间，向我们证明了这个颠扑不破的真理。

被演义神话的张飞

在《三国演义》中作为刘备的三弟，以万夫不当之勇闻名于世的燕人张翼德，其实也是一位被罗贯中神话了的人物。在陈寿的《三国志》中，张飞虽然与关羽、马超等人并列一传，但是列传中对张飞的叙述，尚且不足千字，与《魏书》中李典、李通，《吴书》中的是仪、潘浚等几乎等同。

张飞之勇确实是万人难敌，但是其统帅与权谋却普通，更是因为其的缘故，使得刘备前半生几乎疲于奔走。县衙怒鞭督邮，使得刘备失去占领一县的先机；下邳斩曹豹，使得吕布得以笼络陶谦旧部，一举攻克下邳。按理说，刘备应该早将这样一员过大于功的将领摒弃于圈外。但也许兄弟就是兄弟，桃园之情至深至厚，也许是刘备更加清醒，知道如果没有张飞的勇猛，自己什么也不是。

张翼德还是张益德

　　古人大多都有表字，而要知道这个字也并非是胡乱而取的，一个人的字和他的名有着莫大的关联。比如诸葛亮的表字"孔明"，就是由其名"亮"字引申而来；法正字孝直，其"正"与"直"亦是颇有关联。可是，在《三国志》中张飞却是有着"益德"这个似乎并不符合取字规律的表字。《三国志·蜀书·关张马黄赵传》中对此有着明确的记载："张飞字益德，涿郡人也，少与羽俱事先主。"那么，究竟是哪本书在传承中出现了疏漏？蜀汉名将张飞，究竟是《三国演义》中性如烈火、疾恶如仇的"三将军"张翼德？还是《三国志》中记载的涿郡人张益德呢？

　　罗贯中在张飞名字处的变化，其是否有着其他更深层次的用意，我们不得而知。但是这样一改变，的确更大的有利于张翼德在民间的广泛传播，对于小说及话本来说，有着深远的影响。

钟　琰
钟灵毓秀，洒脱矜持

　　钟琰作为曹魏司隶校尉钟繇的曾孙女，其家庭出身不可谓不高。但是钟琰却并未因出身高贵而有着自命不凡的缺点。《晋书》中曾说其不因为出身而轻贱弟妹郝氏，被世人称为美谈。

　　人物卡片
　　姓名：钟琰
　　籍贯：颍川郡长社县
　　曾祖父：曹魏太傅钟繇
　　父亲：钟徽
　　丈夫：西晋征东大将军王浑
　　子女：长子王尚、次子王济、三子王澄、四子王汶
　　历史评价：数岁能属文，及长，聪慧弘雅，博览记籍。
　　　　　　　美容止，善啸咏，礼仪法度为中表所则。
　　代表作品：《遐思赋》《莺赋》

　　王浑和妻子钟琰在一起坐着，看见他们的次子王济从院中走过，王浑高兴地对妻子说："生个这样的儿子，满可以安心了。"钟琰笑着说："如果我能婚配你的弟弟，生的儿子本来可以不止是这样的。"在其身上，魏晋时代的洒脱可见一斑。
　　钟琰有一套特殊的相人本领。夫妻俩有女儿王氏，到了女大当

嫁的年纪，于是王浑要他的次子王济替他的妹妹好好地找个好对象。王济面试了许多对象，始终觉得都配不上妹妹，因此一直未能达成使命。有一位出身军人子弟的青年，模样挺拔俊秀又有些才学，王济知道后，就想这个人也许是不错的对象，就向母亲钟琰报告。钟琰说："既然如此，你就安排一下，让我观察观察他，看看他是否像你所说的这般配得上你妹妹。"于是王济安排了一群小吏与这名青年在一起闲谈，母亲钟琰躲在帷帐之后观察。事后，钟琰问王济："有一名长相、穿着如此这般的青年，是不是你说的那个人？"王济一听母亲形容得一点没错，就点头称是。钟琰便说："这个人的才学能力的确出类拔萃，但是他出身寒微，要想出人头地必须还要许多年才行。而我观察他的面相身形，却已经呈现短命之相，所以我不能答应将你的妹妹许配给他。"王济便婉谢了这名青年的提亲。几年后，这名青年果然如钟琰所说，因故过世了。

魏晋之际的名士

魏晋风度，在很多人看来，是一种真正的名士风范，所谓真名士自风流，由正始才俊何晏、王弼到竹林名士嵇康、阮籍，中朝隽秀王衍、乐广至江左领袖王导、谢安，莫不是清峻通脱，表现出的那一派"烟云水气"而又"风流自赏"的气度，几追仙姿，为后世景仰。

魏晋风度作为当时的士族意识形态的一种人格表现，成为当时的审美理想。风流名士们崇尚自然、超然物外，率真任诞而风流自赏。晋朝屡以吏部尚书请官王右军，但屡遭拒绝。我想，正是因为精神的超俗，"托杯玄胜，远咏庄老""以清谈为经济"，喜好饮酒，不务世事，以隐逸为高等这样的人事哲学观，才能造就那传奇的《兰亭集序》。

然而，魏晋风度为什么在历代每每遭贬，究其原因，大略是这帮名士们饮酒过度，醉生梦死；再就是放达出格，有悖常理；另就是清谈误国。据传说"竹林七贤"之一的刘伶，纵酒佯狂，经常是抬棺狂饮，且身上一丝不挂于屋中，人见均嗤之，他却反唇相讥："我以天地为房屋，以房屋为衣裤，你们干吗要钻到我裤裆里来呢？"这些名士们为求长生而炼丹服药，穿衣喜宽袍大袖且经久不洗，故而多虱，因而"扪虱而谈"，在当时是件很高雅的举动。

其实以魏晋风度为开端的儒道互补的士大夫精神，从根本上奠定了中国知识分子的人格基础，影响相当深远。可是，魏晋风度所及，也带来了弊端，许多人赶时髦，心情也并非嵇康、阮籍似的沉重，却也学他们的放达。其实如今年轻人作为对人生的爱恋，自我的发现与肯定，与东汉末以魏晋风度的价值观念是一脉相承的。而如今年轻人在追求行止姿容的漂亮俊逸个性上，又和魏晋风度的美学观相辅相成。

竹林七贤

魏晋之际社会变迁频仍，故而多慷慨悲歌之士与引吭高歌之徒。其中最著名的就要数以嵇康、阮籍、山涛、阮咸、向秀、刘伶及王戎七人组成的竹林七贤。

竹林七贤与传统意义上的贤人，有着许多相似性，以及更明显的区别。他们才气纵横，有着超出凡夫俗子的艺术潜质，同时他们又飘然出尘，被俗世引为高士之典范。

但既然是世间人，又怎能避开世间事？文人风骨和残酷政治的碰撞，本就是亘古不变的历史主题，竹林七贤自难幸免。他们有时作为一个整体，有着整体的相似，但有时又别于整体，每个人各有千秋。面对残酷的社会现实，竹林七贤以各自不同的方式与方法，来维系着这脆弱的乱世浮华。

这些弃功名利禄的隐士与名士，又难以彻底脱出世俗的名利场。魏晋时期的名士们，就是在这种入世、出世间兜兜转转，总是难以彻底找到适合自己，也适合时代的方式来安放此生。这就是魏晋名士的通病，也是那个时代的症结所在。时代的桎梏，命运的枷锁使得每个人都难以安安稳稳地度过一生。上升通道的封闭，身世漂浮的渺小，寄情山水的不可得，足以将人逼疯。于是我们就看到了那些在魏晋之际，狂风骤雨，云卷云舒，闲云野鹤，愤世嫉俗的种种时代面貌。

西晋灭东吴

"王浚楼船下益州，金陵王气黯然收"，从这首流传千古的诗词中，我们似乎看到的是西晋一统之路十分顺畅，似乎三国归一已经是水到渠成。然而事实上，晋、吴之间的战争，并没有那么容易，相反还是十分艰难的。战争的主体从咸宁五年（公元279年）十一月开始，一直持续到次年三月，全程共计四个月。这四个月对于从黄巾起义至如今的百年间来看，确实是弹指一挥间，但是对于一场敌人望风而溃的战争来说，则打得过于久了。

甚至从魏国灭蜀开始算起，至吴国灭亡，中间共经历 16 个年头。若是从司马炎代魏算起，至吴国灭亡，也有着 14 年。耽搁这么久的原因，和当年赤壁之战之前相似，位居北方的晋军缺乏足够的水师。为了能够一举灭吴，司马炎从泰始五年（公元 269 年）开始建设水军，整整准备了十年。有道是十年磨一剑，即为此也。晋军南下灭吴，共计出动军队二十万有余，全军分为六路同时进攻。吴国由于地理条件优越，以及经济发展较中原更为安稳，共有军队二十三万。面对晋军的进攻，吴军可战之兵亦有着十万之众，纵然司马炎准备充足，双方交战之后胜败亦未可知。

晋军的实力稍胜一筹，琅邪王司马伷自下邳、安东将军王浑自扬州、建威将军王戎自豫州、平南将军胡奋自荆州、镇南大将军杜预自襄阳、龙骧将军王濬自巴蜀，六路大军相互配合，兵力虽未有过大优势，但将领的能力要甩吴军十条街。于是，在使用反间计，从内部攻克吴军西线都督张政后，便以滚雪球的优势，成功地用四个月的时间，攻克建业，成功完成四海一统。

第五章　三国红颜之良母篇

　　每个人来到这个世间走上一遭，最难以忘怀的必然是生尔养尔的母亲。是母亲哺育我们成长，又教导我们成才；我们在母亲的怀里看向外面，又从母亲的怀抱走向世界。母亲是我们心灵的归宿，也是我们人生的导师。

　　每个伟大的人物背后，都有着一位默默奉献的女人，这个女人也许是家中的贤妻，但更是那个默默支持孩子的母亲。三国英豪们在外叱咤风云，搅动着乾坤变化。但正是他们的母亲，在太始之初，即哺育其成长，教导其为人，才最终让其在世间绽放最璀璨的烟花，推动世界崭换新颜。

　　全天下，每个母亲都是最伟大的！

太史慈之母
忠肝义胆，孝义传家

东莱太史慈以其勇武忠厚闻名于三国诸将，是孙吴最为后世崇敬的一员猛将。而起早期在北海的报恩之举，更是与其母亲的教诲紧密相连。太史慈早年因实行义举而被官府缉拿，为避免连累母亲，而不得不逃亡辽东。

人物卡片

姓名：太史慈之母

籍贯：青州东莱郡黄县

子女：东汉建昌都尉太史慈

初平四年（公元193年）之时，北海相孔融听知太史慈的勇武忠义之举后，对其十分称赞。于是数次遣人慰问太史慈的母亲，并赠礼致意。适逢孔融为对付黄巾暴寇，出屯于都昌，却被黄巾贼管亥所围困。太史慈从辽东返家，母亲对他说："虽然你和孔北海未尝相见，但自从你出行后，北海对我赡恤殷勤，比起故人旧亲，有过之而无不及。他如今为贼所围困，你应该赴身相助。"于是太史慈留家三日后，便独自径往都昌而行。当时贼围尚未太密，于是太史慈乘夜伺隙，冲入重围见孔融，更要求他出兵讨贼。孔融不听其言，只一心等待外援。但外援未至，而贼围日逼。孔融乃欲告急于平原相刘备，可惜城中无人愿出重围，太史慈便自请一试。孔融便道："贼围甚密，众人皆说难以突围，你虽有壮志，但这始终是太艰难的事罢？"太史慈回道："昔日府君倾意照料家母，家母感戴府君恩遇，方才遣我来相助府君之急；这是因为我应有可取之处，此来必能有益于府君。如今众人说不可突围，若果我也说不可，这样岂是府君所以爱顾之情谊和家母所以遣我之本意呢？情势已急，希望府君不要怀疑。"孔融这才同意。

于是太史慈严装饱食，待天明之后，便带上箭囊，摄弓上马，引着两马自随身后，各撑着一个箭靶，开门直出城门。外围的贼众皆十分惊骇，兵马齐出防备。但太史慈只引马来至城壕边，插好箭靶，出而习射，习射完毕，便入门回城。明晨亦复如此，外围贼众或有站起戒备，或有躺卧不顾，于是太史慈再置好箭靶，习射完毕，再入门回城。又明晨如此复出，外围贼众再没有站起戒备，于是太史慈快马加鞭直突重围中顾驰而去。待得群贼觉知，太史慈已越重围，回顾取弓箭射向数人，皆应弦而倒，因此无人敢去追赶。

不久，太史慈抵达平原，便向刘备游说："我乃东莱之人，与孔北海无骨肉之亲，亦非乡党之友，只是因为慕名同志而相知，兼有分灾共患之情义。方今管亥暴乱，北海被围，孤穷无援，危在旦夕。久闻使君向有仁义之名，更能救人急难，因此北海正盼待贵助，更使慈甘冒刀刃之险，突出重围，从万死之中托言于使君，惟望使君存知此事。"刘备乃敛容道："孔北海也知世间有刘备吗？"乃即时派遣精兵三千人随太史慈返都昌。贼众闻知援兵已至，解围散走。孔融得济无事，更加重视太史慈，说道："你真是我的少友啊。"事情过后，太史慈还启其母，其母也说："我很庆幸你得以报答孔北海啊！"

北海国孔融

孔融让梨的典故，让我们从蹒跚学步开始，就识得这位史书有名的天才。那么，长大之后的孔融又是如何呢，是续写他的华丽人生传奇？还是成为又一个方仲永而被后人慨叹？

孔融作为至圣先师孔子的十九世孙，从幼年开始便深受儒家文化熏陶，是一个地地道道的"小先生"，其诗赋与平原陶丘洪、陈留边让齐名，同为青年一代的俊杰。在十六岁之时，即因为收留被阉党迫害的名士而名扬天下。后虽屡次被朝廷征辟为官，但均因与世俗浊流不合而辞官归乡。后适逢董卓当道，因常与董卓争辩，而被排挤到黄巾最为猖獗的北海国为国相，企图借黄巾余孽的刀，来杀掉这位忧国忧民之士。

孔融虽有文韬，却缺乏武略。虽成功在北海招揽士卒收复失地，却最终不敌黄巾将领管亥，被黄巾军围困于北海城，最终派遣太史慈求得刘备相助，方得以免遭厄运。

孔融对汉王室充满忠诚且为人过于放浪形骸，因此得罪了很多人。在曹操和袁绍势大之时，孔融却想要留据北海独善其身，而不顺应形势早日归降。最终落得北海城破，不得不投奔许昌的结局。后又因多次抵触曹操，而在建安十三年（公元208年）赤壁之战之时，落得身首异处的下场，实乃可悲可叹。

略谈兵器之王——战戟

战戟在我国冷兵器时代有着不可撼动的地位，是中国古代特有的冷兵器，也是古代战争中当之无愧的无冕之王。相传戟的发明者为上古战神蚩尤。蚩尤曾采雍孤山之金以制戟，故而其又名"棘"，是一种将戈和矛相结合的兵器，兼具戈的钩啄和矛的刺击双重格斗功能。自商朝战戟产生起，随着对其的普及使用，军队作战从战术到战略均取得长足进步发展。

在三国时期，战戟这种兵器的发展达到顶峰，各国出现了如使用方天画戟的吕奉先、镔铁双戟的"古之恶来"典韦、箭戟双绝的东莱太史慈等众多使用战戟的将领。双方对垒之时，更是不乏双方互掷手戟以达到刺杀目的的情况。

三国之后的南北朝时期，随着少数民族占据中原地带，重甲骑兵开始成为战争中的主力兵种，而战戟很难适应大规模的骑兵作战。于是骑兵的马槊和步兵为克制骑兵采用的刀盾，逐渐取代了战戟的主导地位，战戟逐步退出历史舞台。

徐庶之母
持家有节，不忘大义

想来如果今天要在国人的心目中，为三国人物划分阵营的话，那么想来会有不少人将徐庶当成刘备集团的一员，而划归为蜀汉势力。而这和徐庶母亲对其的谆谆教诲是分不开的。

人物卡片

姓名：涂老夫人

籍贯：豫州颍川郡

子女：曹魏御史中丞涂庶

历史评价：贤哉涂母，流芳千古：守节无亏，于家有补；教子多方，处身自苦；气若丘山，义出肺腑；赞美豫州，毁触魏武；不畏鼎镬，不惧刀斧；惟恐后嗣，玷辱先祖。伏剑同流，断机堪伍；生得其名，死得其所：贤哉涂母，流芳千古！

徐庶本是寒门子弟，早年为人报仇，被同党救出后改名徐庶，求学于儒家学舍。后中州兵起，与同郡石广元避难于荆州，与司马徽、诸葛亮、崔州平等人为友。刘备屯驻新野时，徐庶前往投奔，并向刘备推荐诸葛亮。徐庶南下时因母亲被曹操所掳获，徐庶不得已辞别刘备，进入曹营。后来这件事被艺术加工，"徐庶进曹营，一言不发"等被广为流传。而徐庶也成为孝子的典范被称赞。

曹操得知刘备用徐庶为军师之后，在程昱的建议下，先将徐庶的母亲掳至许昌，后程昱模仿徐庶母亲的笔迹给徐庶写了一封信。徐庶见是母亲亲笔书信，向刘备告别，临走之前向刘备推荐南阳诸葛亮，自己只身前往许昌。徐庶到许昌见了母亲之后才得知自己被骗，徐母对徐庶进行了深刻的批评与呵责，训斥他只知小义，不明大义，随后在房中自缢而亡。母亲的呵责，与自身的懊悔，使得徐庶发誓终生不为曹操献一计一策。

徐庶的出场是精彩的，全书的军师和谋士中他只比诸葛亮的出场略逊一筹，周瑜、司马懿等都是一笔带过。可徐庶却出场精彩，后面就淡出去了，让人深深叹息，一个本应大放光彩的人物只是像流星一样一闪而过。

盘点曹魏的"外来"谋臣

曹魏的谋臣群体在三国之中是最为强盛的，其以颍川士族为主干，以河内、南阳、荆州名士为血肉所组成。这些谋臣大多并非曹军自身培养出来，而是由各地域的精英阶层与北方门阀智谋之士所汇聚。

曹魏最著名的颍川士人，以郭嘉、荀彧为代表，而其最先皆为河北袁绍帐下谋士，后在官渡之战前后，分别先后弃袁奔曹，在曹操帐下为其出谋划策，指点江山。

贾诩则是北方士人的典型代表，因其出身并非世家豪族，故而在从张绣处归降曹操后，沉默寡言明哲保身，以不变应对曹魏波诡云谲的政治变局。

与贾诩相对，钟繇是跟随汉天子献帝刘协来到曹军阵营。随后在关中不稳之时，钟繇受命稳定关中政局，使得曹军南下荆州之时，不至于受到西部势力的联合围剿。

淮南人刘晔作为汉王朝宗室成员，其率先为扬州豪强所推崇，成为一方势力诸侯，后追随江淮最大势力刘勋，成为刘勋麾下谋士。在刘勋被孙策击败后，刘晔北上依附曹操，成为曹魏重臣，辅佐了三朝皇室，是曹魏的元老人物。

邓艾作为魏国后期著名的谋士，其也并非是曹氏所发掘培养的人才，而是邓艾自荐于司马懿，以司马氏家臣的身份进入曹魏政坛，并在历史上留下名号。

八门金锁阵

"八门金锁阵"作为《三国演义》中虚构出来的一种军事阵法，有着很奇特的作用。其以休门、生门、伤门、杜门、景门、死门、惊门、开门为要领的八门，是全阵的灵魂中枢之所在。八门的用法与天文星相、地理山川相结合，共同构筑一个有机体，以达到迷惑、围困的作用，并最终形成局部优势的战略目的。

在《三国演义》中的八门金锁阵为魏将曹仁所掌握的兵法，为曹仁在进击刘备时所使用，并最终被刘备的军师徐庶所破解。同时，八门金锁阵也是后来诸葛亮八阵图的理论来源及初始版本，为后来"功盖三分国，名成八阵图"的蜀汉丞相诸葛亮，注入一丝玄幻色彩。就"八门金锁阵"本身而言，仅仅是一个用来衬托他人的引子，与历史上实际的军阵有着很大的差别。

张春华
纵横捭阖，育子有道

　　要说张春华，不可回避的要提及的人物便是三国时著名的政治、军事家司马懿，其作为辅佐曹魏四代君王的重臣，可谓功勋卓著。在用强大的生命力熬倒同时期可以匹敌的诸多枭雄之后，他的野心和能力对权力再也无法压抑，如雨后春笋般蓬勃迸发，并为西晋王朝的建立奠定了雄厚基础，而张春华便是司马懿背后最重要的女人。

　　人物卡片

　　姓名：张春华

　　称号：宣穆皇后

　　籍贯：河内平皋

　　父亲：曹魏粟邑令张汪

　　丈夫：晋宣帝司马懿

　　子女：晋景帝司马师、晋文帝司马昭、平原王司马干、南阳公主

　　历史评价：宣穆阅礼，偶德潜鳞，翊天造之艰虞，嗣涂山之逸响，宝运归其后胤，盖有母仪之助焉。

　　司马懿除了张春华还有三位夫人，分别是伏夫人、张夫人和柏夫人。张春华（189—247 年），出生于河内平皋（今河南温县），

是当时曹魏粟邑令张汪之女，从小颇有德行，才智过人。后嫁给司马懿。张春华作为司马懿的发妻，可谓是陪司马懿走过了一生的人。但司马懿对她的态度可谓是一言难尽，以至于张春华最后郁郁而终。

史书中关于张春华的记载并不多，以《晋书·后妃传》中记载的部分内容为主，其中对张春华形象具有一锤定音之效的便是张春华为保护司马懿而亲手弑婢女之事。建安六年，曹操第一次想要请司马懿为自己效力之时，考虑到东汉将倾，时局不稳，司马懿并不想屈节，但直接拒绝必然是行不通的，所以司马懿便想着用装病来搪塞，说自己中风，只能卧床休养，站都站不起来，更不用说做官了。曹操生性多疑，自然不会凭一己之言就信以为真，还特地派人去打探虚实，但是当时司马懿演技还是很在线的，并没有露馅。怎奈，一个意外，让司马懿命悬一线。因天气突变，司马懿情急之下去抢救在外晾晒的书籍，没想到这一举动竟被一个小婢女所看到。装病这件事如果一经败露，显然在曹操那边是无法交代的。这时候，张春华以一个狠角色出场，她明白，只有死人是不会说话，也是最忠诚的，于是乎，她把那位小婢女杀掉，并亲自照顾司马懿的饮食。如此千钧一发的时刻，张春华的冷静睿智、果断勇敢地采取措施，没有一丝的妇人之仁，护得司马懿周全，果然是有干大事的气魄和风度，张春华也因此得到司马懿的尊崇和器重。

为司马懿生了三子一女，这其中不乏后来被追谥为帝的晋景帝司马师和晋文帝司马昭。泰始元年（265年）十二月，张春华的孙子晋武帝司马炎受禅登基，建立西晋，追谥张春华为宣穆皇后。张春华在子辈孙辈的努力之下获得了生前未曾有过的殊荣。

司马懿晚年很是宠幸柏夫人，据载，司马懿四十纳柏夫人为妾。这位柏夫人，想必姿色出众，才艺双绝，否则也不能获得司马懿独宠，以至于发妻张春华都不怎么能见到司马懿。也有说柏夫人是曹丕赐给司马懿的美人，同时兼间谍的身份，司马懿宠幸柏夫人、冷落张春华是做给曹丕看的，但是关于这一说法，目前并未得到证实。但毋庸置疑的一点就是，司马懿晚年的确冷落张春华，不然也不会有"老物可憎，何烦出也"的惊骇之言。

虽然司马懿宠幸柏夫人之后，张春华就很少有机会能看到那个曾经与自己恩爱有加的司马懿，但毕竟夫妻之恩难却，司马懿重病卧床之际，作为发妻的张春华还是暂时搁置司马懿对自己的冷落，去探望在床上的司马懿。可是，病重之时的探望，没有换来司马懿丝毫的感念之情，反而被赤裸裸地嫌弃。司马懿竟对张春华吼道"老物可憎，何烦出也！"这一语既出，让张春华瞬间万箭穿心，一颗真心被无情地蹂躏践踏，此时的张春华更像是一个为情所伤的痴女，看着昔日的丈夫薄情如此，甚是心寒，于是以绝食想要了此一生。

作为一位妻子，丈夫的背弃或许让她的晚年看起来有一丝悲凉；但作为一位母亲，她育子有方，堪为楷模，也正是她的子嗣让她的一盘棋在即将倾灭之时，重现生机。他的儿子们均为英杰，也是司马懿的得力干将，颇受司马懿喜爱和重视。此时，张春华绝食，她的子女也跟着绝食，子女们的这般孝顺势必离不开张春华平时的教导，能教育出关键时刻跟自己以命共进退的子女可谓育子有方。正是这样的孝顺，让司马懿颇为震惊，骨肉至情让司马懿不得不向张春华低头认错，而张春华也并不是矫揉造作之人，便不再绝食。后来，司马懿更是对旁人说"老物不足惜，虑困我好儿耳！"可见，培育出好儿郎，的确是一位母亲毕生的功绩。

以至于在张春华死后，还被追赠广平县君，并被后代追谥为宣穆妃、宣穆皇后。《晋书》曾高度评价张春华："宣穆阅礼，偶德潜鳞，翊天造之艰虞，嗣涂山之逸响，宝运归其后胤，盖有母仪之助焉。"张春华作为三国时期的一名举足轻重的女性，其勇气、魄力、胆识可谓女中豪杰，其淑德福荫后代，后代的功勋也赋予了张春华全新的高度。

司马昭之心

司马懿在诛杀曹爽之后，成功地掌握住魏国的实权。在其死后，其子司马师继承了司马懿在魏国的权势。同时司马师亦有着权臣之心和九五之梦。在中央，他将对他权势有威胁的大臣尽皆杀戮，并将魏少帝曹芳废除，改立曹髦为帝。在地方上，司马师对不服从其管辖的魏国将领进行征讨，以达到排除异己、独揽大权的政治野心。在司马师死后，其弟司马昭继承其衣钵，成功掌控曹魏政权。

司马氏父子三人，将魏国的权力牢牢攥在手中数十年，将魏国官场钻营的千疮百孔，处处皆为其眼线。权臣的跋扈，终于让魏帝曹髦忍耐不住。有一日，曹髦对其近臣说道："司马昭的野心，就连过路人都知道了，我不能再忍受了。我今天和你们一起去讨伐他。"说完便从怀中掏出一道写好的诏书，扔在地上，说："我已经下了决心，就是拼个死也不怕。"曹髦的近臣其实早就已经被司马氏收买，马上出宫向司马昭进行汇报。当二十岁的曹髦集合了宫内的禁卫军和侍从太监，吵吵嚷嚷地从宫里杀出来之时，马上就被司马昭的人马围困住。作为九五之尊的曹髦，最终被司马昭杀害。魏国的江山也在几年之后，便被司马氏篡夺成功。

司马师的文治武功

在魏晋南北朝风流激荡的诸次禅代之中，南朝诸国均在权臣手中即完成篡位。而曹魏、高齐、宇文周则分别在第二代手中，成功完成权柄名义上的转移。所有篡位活动中，唯有司马氏最沉着，从司马懿执掌朝政开始，历经第二代的司马师、司马昭，直至第三代的第四位君王司马炎，方才成功完成魏晋间的换代之旅。篡位时间如此之长，在我国历史上也是绝无仅有的。

而在这个漫长过程中，位于第二代的司马师，究竟起了多大作用呢？而他又在夺权过程中，有着怎样的地位呢？

司马师的存在，在当时的高平陵之变以来的政治局面中，有其不可代替的三大"定位"：

其有别于司马懿，是司马氏代魏活动的关键人物；亦有别于司马昭，是司马氏代魏的原定人选；同样有别于司马炎，是组织建立并能够威服禅代功臣的新政治集团领袖。

司马师文名与韬略齐重，是名副其实的文武全才。其早年与夏侯玄、何晏齐名，是曹魏文臣中最享负盛名的名士之一。在司马懿夺权的高平陵之变中，司马师更是参与谋划与执行的重要一员，在政变之后，被授予卫将军之职。在军事上也颇有建树，曾对外带兵抵御吴国诸葛恪的进犯，对内镇压毋丘俭、文钦之乱，使得司马氏在魏国取得独尊地位。在执政之时，司马师改革政令，将曹魏的政坛风气焕然一新，并迫使魏帝曹芳逊位，有着独掌朝政的实力与地位。然而就在万事俱备之时，一场重病使得夺权活动无疾而终，生生被延后十余年，直至司马炎即位，方才终结曹氏的统治。

司马"八达"

司马氏是东汉的大族，世居河内温县。在东汉末年，这个家族中出现的最著名人物当属司马懿，但是其实和颍川荀氏家族出了荀攸、荀彧、荀爽、荀肃等一大批名人一样，司马家也并不是只有一个司马懿值得称道。

司马懿的父亲司马防是汉末有名的大儒，他曾是奸雄曹操非常敬佩的老领导。司马防有八个儿子，分别是：司马朗、司马懿、司马孚、司马馗、司马恂、司马进、司马通、司马敏。这八个人个个都是人中龙凤、天下俊才，因字辈为"达"，时人号称司马"八达"。司马"八达"的影响力完全不逊于颍川荀氏"八龙"，俱是天下一等一的俊杰。

司马懿的几次机遇

司马氏之所以代魏称帝，司马懿打下的基础是其重中之重。那么，司马懿的一生中究竟有着哪些"命中注定"呢？

建安十三年（公元208年）曹操强制征辟司马懿出仕；建安二十四年（公元219年），曹操进封魏王后，司马懿被任命为太子中庶子，成为曹丕身边第一宠臣，并在曹丕继位后，升任丞相长史；黄初七年（公元226年）曹丕临终时，司马懿与曹真、陈群、曹休四人共同被任命为辅政大臣，负责辅佐魏明帝曹叡；太和五年（公元231年），司马懿都督雍、凉二州诸军事，全面主持对蜀战争，成为魏国掌握大权的封疆大吏；景初三年（公元239年），明帝曹叡逝世，司马懿与曹爽一起接受遗诏负责辅佐少主曹芳，成为当时魏国实打实的二号人物；嘉平元年（公元249年），高平陵之变一举拿下曹爽，成为魏国最大的实权派。

总结来说，司马懿最大的机遇在于他比三国能人们晚出生几十年，且能七十三岁高龄逝世，活得够长久。